# 我討厭過的大人們

張亦絢——著

# 好評推薦

我們看著討厭的大人，心中大喊「以後絕對不要成為那樣的大人！」把恨的事物一卡車列出來，驚覺喜歡的東西也所剩無幾。最恨的是自己與背棄的東西還有那麼幾分相似。在內心的小人國小世界氣得原地打轉鼻孔噴氣時，張亦絢卻要告訴我們，什麼都恨，什麼都討厭，什麼都奇怪，什麼都不奇怪。「都奇怪」是要保持機警，「都不奇怪」是不隨意驅逐與輕浮。正因知道人間是險象環生，知道憤怒是學步，所以把修剪過的荊棘與危機，讓我們捧在手中端詳，嚴肅輕快地說：「這樣犯錯也沒關係喔。」很難相信令人討厭的人間，竟有如此慈愛勤勉的教練——但這都是真的。

——作家　馬翊航

我討厭過張亦絢，光她能講出我討厭過就讓我討厭。那麼敢講，這時代太過勇敢的人都是一根刺。而太過聰明的人講話則讓話有了厚度，「討厭過」意味「過去討厭而如今……」，「討厭」偏添上一個「過」，話就有了後路，思考便有了空間，便於把人翻了案，把討厭翻過幾層，讓討厭的都不討厭。作者能正言反說，讀者便成證嚴上人，多少恨？其實愛得坦蕩蕩。你說，一個人若勇敢又聰明，還不夠讓人討厭嗎？張亦絢合該是我們的眼中釘，肉中刺，翻這本書就是就是在敲釘子，一頁頁，一吋吋，後來就深深打進我們心底了。我同情張亦絢討厭的人。我羨慕讓張亦絢討厭過的人。想讓張亦絢討厭不難，想讓她討厭過，需要真本事。名列這本書的人於是可以含笑。讀過這本書的人則多半變成國小三年級的小男生如我，嘿，我最討厭你了。想這樣對張亦絢說。其實想聽她說更多更多。再被她多看一眼也好。」

——作家　陳栢青

張愛玲有篇小說叫做〈多少恨〉，多少恨也意謂著多少愛，多少不平衡不放心不原諒，戰戰兢兢踩在天平一端，不知道那度量我們的，是鐵還是棉花，記憶還是遺忘，一顆心又冷又燙。張亦絢這部散文集多端討論「討厭」與「恨」，也是成長與思維之書，文學與身體之書，深刻，誠懇，博識，竟然還有點俏皮。

——作家　楊佳嫻

讀完《我討厭過的大人們》，竊想，在某個可能遙遠的未來，會不會也有歪七扭八的孩子長大後，回顧自己好不容易的年少時，寫下〈我討厭過的張亦絢〉呢？這畢竟不是討厭完就了事的作品，當然也不是一本解恨指南。張亦絢說恨，正如她在後記提醒，果真是「步步為營，草木皆兵那樣警醒」地進行。

看作家講壞話，當然是最世界最精采的景觀；但更為可觀的，是看張亦絢恨到翻桌，還要不厭其煩扶桌而起，翻出千百種角度，翻到所有人都懷疑自己此生是否真的認識過桌子。

所以怎麼可能不討厭呢？張亦絢用我所羨慕，卻難以模仿的論理腔口，一次又一次展現智性與詼諧拿捏得恰如其分，就會產生自動洗車機式的閱讀，還來不及喊累喊髒，習以為常的思考系統就已經被裡外刷洗了。在一層又一層彷彿可以無止無盡衍生的自我折辨中，沒有一刻會感到枯澀。站在腦內風暴過境，飛起來的牛羊與落下的卡車之間，我甚至被興奮脹滿，一旦恨可以如此淋漓盡致之後，就不可能再輕易滿足於昏頭昏腦的憤怒。

雖然和普拉斯悲劇性的喜劇感殊途，但我忍不住想說，張亦絢也是我心中的喜劇天才。她揉雜輕蔑與慈幼，老少咸宜地去挑戰最困難的笑點，在創造力與表態拮抗的張力中替孩子們殺出血路，爭取時間，培養感知危險的韌性。這是她作為一個有嚴肅童心的大人，慷慨給予的「恨的責任感」。而我想，幸好她曾是易怒的小孩，不知恨為何物的人，恐怕難以長久地去慈愛。那麼，無論基於意志力抑或情感，《我討厭過的大人們》中，張亦絢有耐性地替我們精神上的幼小操心。於是，我們會因這一趟恨的演習，預備出一種特殊的喜劇能力。倘若哪日，在大人世界中驚見危險與傷害，我們會啊哈的大叫出聲，不會無人知曉地跌落慘死。

——作家　顏訥

讀張亦絢散文的過癮，在於你眼見她在蜿蜒的推演譬喻之下，如何舉重若輕（有時幾近插科打諢）地建構其魅力十足的宇宙觀。

我一直相信，讀不懂她的人一輩子也不會想認真懂，但懂她的人（其實正是那些被她懂的人）必定能珍惜她在跺著腳喊「討厭」、或叼根菸在手背刺下恨意背後，那無比的深情。

——作家　羅浥薇薇

# 目次

## 輯一　我討厭過的大人們

## 輯二 有多恨

# 輯一　我討厭過的大人們

# 我討厭過鄭清文

千真萬確！我討厭過鄭清文。

這個後來我常常勸誘朋友去讀的小說家，最開始，是以一個我非常討厭的大人，進入我心坎的。當時我不但討厭鄭清文，還曾把自己怎麼討厭鄭清文的事，說給朋友聽。

事情發生的經過是這樣：有天我無意間，翻到一段他的文字，大意是，他不覺得中國文學有那麼偉大，真要比較，他覺得愛爾蘭文學，就比中國文學，偉大多了。看到這，我就很不高興地把書，丟回書架了。我對朋友說，這個叫鄭清文的人，好討人厭。「怎麼可以這樣說話呢？說這種話，會讓別人覺得，我們非常斤斤計較。最討厭大家這樣比來比去！而且，如果有誰的文學比較不好，難道不應該對他們更和氣，鼓勵他們嗎？」我又說了：「如果他說的是真的，我們越是知道，越是不該說出來呀！我想『他們』應該也不是故意的。這樣『他們』不是很可憐嗎？」「他們」指的是，當年我也不很清楚的中國文學工作者。

我的立即反應，有許多原因。當時我剛剛開始接觸女性主義，剛剛學會「堅強起來」，學會在「為什麼世上偉大的作家多是男性？」「為什麼偉大的女性藝術家那麼少？」這類質疑之前，不感到尷尬或氣弱。我讀的一點點文藝社會學或女性主義文學批評，讓我知道，一個作者能被肯定，作品的價值只佔一部分原因，還有許多歷史文化因素，會改變經典的排序。那時的美國文學院，費茲傑羅的重要性，就正逐漸取代納博可夫——這也是因為美國的社會，本身有了改變。因此，我覺得不去「譴責」某些文學，不如某些偉大，非常要緊。這也就是我會討厭大人們，動不動說到偉不偉大的原因。

上面說的，大概可以簡單稱為，「一個少女政治學新手顛簸上路的氣象」。然而說真的，當時我的「說討厭就討厭」，事實上，我自己後來看，很快就覺得傻氣與純情。我並沒有讀懂鄭清文的深層用意，我只讀到字面的意思，就對字面的意思，做了反感的對抗，這也就是我們會說的，「去脈絡化的閱讀」。沒有被我充分考慮進來的背景，是「中國文學偉大」一事，在很多層面壓抑與限縮著，台灣文學的自由——正如「男性中心的文學還是太偉大了」這樣的說詞，有時是單純的讚歎，有時卻隱含貶低、排除其他族類創造力的言外之意。考慮到這，就會明白，說出「中國文學並沒有那麼偉大」，所需要的勇氣，並不下於，說出「只有男性寫出的文學是不夠的」。

我曾是個糊里糊塗的少女，雖然很會討厭人，幸而也還會讀書。因為討厭鄭清文的緣故，我開始極度認真與正式地讀鄭清文的小說（不然還能怎麼辦？總要弄清楚「討厭的大人」的底細嘛），也開始讀愛爾蘭文學（道理同上）——

而這兩者，意外地，都帶給我無可比擬的幸福與收穫。直到最近我才又知道，原來從日治時期，台灣的文化人，就對愛爾蘭文學非常關注。這樣想來，更會覺得，當年鄭清文的那番話，恐怕一點都不是標新立異；相反地，那是深有文化底蘊之人，以「不讓青史盡成灰」的直覺與智慧，力圖挽救，那些我們的記憶斷層。

讀鄭清文的小說，我很快地完全「忘記」，最初我有多麼討厭他。我非常喜歡宮澤賢治，但偶爾我覺得鄭清文又略勝一籌。雖然兩個作者都給人「神聖地去生活」的力量，鄭清文讓我佩服的，又還有另外兩點。一是他在「性與人性」上，掌握到非常艱難的平衡；二是雖以生理男性之身，他幾乎從不薄待筆下的女性，讓我看到作者未必就會自限於自身性別視野的可貴風範。

二〇一七年，鄭清文離開我們了。那一天，我對著空中，在心底默道：真真沒想到，一時討厭一個人，最後的結果，竟會導致「愛的永恆」。

至於愛爾蘭文學嘛，台灣在二〇一七年出版了《在黑暗中閱讀》一書。讀畢掩卷之時，我真想對誰，大聲說說這書的好處。我抬頭是夜色，瞬間，我很清晰地感覺到，在看不見的某處，有人，彷彿正對我微微一笑。是誰呢？我想，一定是那，我討厭過的大人呀。

# 我討厭過西蒙・波娃

我說：欸欸欸，我討厭過西蒙・波娃耶。

怎麼啦？妳不是女性主義者嗎？朋友嚇到的樣子，彷彿看到我在他面前口吐白沫，令我覺得真是太好玩了。女性主義者，就不會討厭波娃嗎？哎呀，只是我一直比較喜歡她的好友渣渣啦，我說。渣渣，一九七三年，波娃在羅馬與沙特一同接受採訪時，六十五歲的波娃仍然稱她為「我最要好的朋友莎莎」──志文出版的《西蒙波娃回憶錄》第一卷，莎莎翻成「冉冉」。

猜猜我後來在什麼狀況下，提到過冉冉？

一直要到讀過回憶錄的十年後。我在法語測驗的口試時，抽到關於「蒙田與拉．波埃西的友情」選段。蒙田大家都知道，至於拉．波埃西，近年台灣出版了他的《自願為奴》。我答題時，將冉冉之於波娃，拉．波埃西之於蒙田，比並討論。考官目瞪口呆並且心花怒放——我感覺他，都快要從椅子上飛出去了。考官也讀過冉冉、他還記憶猶新；拉．波埃西與冉冉同樣早逝，而他們的死亡，影響了兩個作家。而我想，考官看來那麼快樂，就不會注意到我犯哪些文法錯誤了。

我得到20／20，滿分。一開心，瞬間也不討厭波娃了。——這當然是玩笑話。認真說來，這個經驗以及其他觀察，使我想到：我們還真是活在波娃遺產的庇蔭下啊。單單拿她回憶錄的一部分出來說說，就被刮目相看了。她不但在文學史上有一席之地，而且看來，大家也不是隨便讀讀而已。不過，我還是有點討厭波娃——在一些無關緊要的小事上頭。比如波娃說，她此生的心，必要為某人跳動。這傻瓜！我大驚失色，不能讓心自己跳自己嗎？所謂我討厭波娃，大概像是，討厭她重感情到有點有點……有點「妳以為妳是麥芽糖嗎！」。也有人說過高達：哎，高達就是「很親人」嘛。兩個以理性著稱的人，結果都被認為超級黏人。

波娃筆下，冉冉早熟有個性。波娃則稚嫩，當她想吸引冉冉時，也不懂用什麼魅力，波娃實在除了笨拙，還很呆萌。那時的冉冉就叛逆，而波娃，常常跟不上她……。

《第二性》出版後，莫里雅克或卡繆，都曾公開或私下侮辱波娃。波娃對於自己在國際上引起的廣泛迴響，一針見血地評論：（…）在法國本土，男性的憤怒是毫無止境的。在外國情形好一點，因為容忍外國作家容易些，畢竟距離較遠，威脅較小。波娃如果在世，今年一百歲了。當年承受的攻擊，現在看都有點像笑話，似乎只使得她的幽默感，熠熠生光。

有一種損傷波娃的方式，是把沙特視為英雄，認為波娃巴住他，瓜分了只在男性之間流通互惠的感情與聲譽。隨之而來就有各種混戰，有說沙特厲害波娃不，有說沙特不行波娃行——也有想找出他們的平等，事實上並不平等的。有些則強調，波娃愛得多，沙特愛得少。也許是真的，也許不。但這至少給了我們一個奇怪的命題，我們是否將以平等為名，非難愛得多的人呢？如果一個人的生命只為擦亮某個招牌，比如小說家或女性主義者，那麼，不愛一個會引起外界混淆想法的人，確實比較精明。不過，精明的人生，值得過嗎？

西方某一時期開始，「我有戀愛」其實取代了「我有地位」或「我有錢」，成為「身分的象徵」。沙特與波娃不結婚，但他們弄到眾人皆知的感情契約，仍然不脫標榜身分的老調。如果真與自由與平等有關，根本不會有「兩人優先互保條款」吧，畢竟號稱兩人之間平等，同時又強迫第三人次等於他們，是很怪的。「這表示有時我們對別人不夠好。」波娃有次這樣說。這算反省吧？但我年少時，倒是立刻反感地想，這「變相的兩人互保」，太過懦弱與天真了。如果用《第二性》作為中心，量度她的生命，想必有人會困惑，一個強悍的知識分子，怎會那麼情感至上？然而，我對她最初的認識，就是從她「失去冉冉」

開始的：那時她就害怕寂寞，那時她就已經視友如命。

「西蒙啊，我討厭過妳。」我想對她說：「不過那是因為，我更喜歡冉冉多一些。」

「我也是。」——我猜她會這麼說。帶著只有二十歲，只有二十歲才會有的，淚水盈眶。

# 我討厭過佛洛伊德

去維也納旅行時，我在許多地方都停留了：幾間非常精采的美術館、一家非常大又裝潢優雅的ＬＧＢＴ書店，還有就在不遠處，精神分析開創者西蒙．佛洛伊德的故居。

參觀名人故居嘛，不就是觀光客的本分嗎？我的心裡卻有不少掙扎。佛洛伊德的晚年並不是在這裡度過的，因為納粹對猶太人的迫害，身為猶太人的佛洛伊德，最後逃到倫敦避難。有一張明信片留下他走在倫敦的影像，我覺得拍得很好，照片裡的他顯得寂寞，但也有堅強的感覺。對於故居最震撼的印象，是一切都非常小。雖不到侷促的地步，但就只是一個充分利用空間的樸素場所，甚至沒有一些維也納咖啡廳裡有的華麗寬敞。原來於歷史非常重要的心智開拓工程，在麻雀般的巢穴裡，就可以進行了。一般都說佛洛伊德不太介入政治，故居裡倒是有份文件，記錄了他公開反對戰爭的行動，算是例外。故居裡還有一個本子，讓訪客簽名留念，我轉來轉去，對於簽名一事，感到複雜的猶豫。因為我，該怎麼說？應該是討厭佛洛伊德的——「應該是討厭」，那究竟是不是討厭呢？

很多年後我回到台灣，為了查什麼事情，偶然間在網路上看到一大串關於佛洛伊德的留言，大部分都很情緒化，不是把他當作笨蛋，就是腦筋被性慾燒壞的下流胚子——我有點憂心，有點訝異，不只因為留言的人看得出來多半是大學生，大概也可以確定，留言人都沒有真正從頭到尾讀過一本他的作品，卻都沾沾自喜，認為任何人的智力與品德，都在老先生之上。——幾乎與我小學時代的氣氛，沒有太大差別。

小學的我，當然沒讀過佛洛伊德。但是我也從一般的報章雜誌，讀到很多對他的譏笑，所以我還記得，不到十歲的我，如果看到有大人手上拿著《夢的解析》，我都還會擺出典型小學生糾察隊抓到壞人的正義臉龐，斥責對方：「怎麼看這種墮落的書！你色鬼啊?!」那個時候討厭佛洛伊德，基本上是不算數的，主要是被媒體灌輸了太多刻板印象，以為佛洛伊德是個汙染人類心靈的猥瑣壞人。高中時，因為大學學長姐的推薦，開始讀《性學三論》之類，自是大吃一驚，原來是很嚴肅的理論書。有些篇章大家討論起來，還會說，實在不太容易理解。為了克服困難，我記得自己還邊讀邊做筆記，用掉很多原子筆的水。

其實「陽具欽羨」什麼的，雖然有同意的困難，但並沒有真的非常惹惱我——知識永遠有辯論的空間，倒還不至於因為不特別接受一個論點，就非常討厭某個作者。真正讓我受到打擊的，是透過若干文章的轉述，知道佛洛伊德在看病人的過程，與聞家庭亂倫與性侵犯的存在，但卻因為種種原因，沒有採取相信病人的態度——因為這個緣故，佛洛伊德可以說一口氣背叛了女人、兒童與性暴力的倖存者，這件事與這個形象，真是難以磨滅。

有說他是懼於當時的社會壓力，也有歸咎於他男性身分的父家長心態。——儘管關於原因眾說紛紜，但一般來說，佛洛伊德在這一事上「犯了錯」，即便是他的支持者，多半也並不採取遮掩的角度。錯是錯了，留下來的問題是，應該對這個錯，採取憤怒與厭惡的態度，或是也可以同情與深入理解。

許多年來，我都在十分矛盾的心情下，持續閱讀佛洛伊德以及他的後繼者。作為一個對女人、兒童、尤其是亂倫受害者相當認同與知悉的我，總覺得無法假裝他的一度軟弱或不智並不存在；但另方面，我又真實感覺，他在其他方面的嚴謹求知態度，不但鼓勵我，也對任何認真的靈魂，非常有幫助。於是我對佛洛伊德的討厭，一直不是件輕鬆的事。

那一天，在佛洛伊德的故居磨蹭了不少時間後，我終於還是在筆記本上簽上了自己的名字，那並不是一件容易的事。因為那是對一個我認為相當於辜負我命運的人，表示感謝與諒解——我依然保持敬意——我不因為記得一個可以說是致命的錯誤，就犧牲自己想要讚賞其他部分的那種人性，我也釋懷，我也計較。這個舉動暗含的慷慨意味令我百感交集，我的討厭多麼嚴肅，我在簽名時刻，心裡的波濤洶湧，令我永遠記住了：在人與人的關係中，在知識的生產與閱讀行為中，存在什麼樣的衝擊與責任。這份討厭是一條漫長的路，即便它有盡頭，曾經走在那條路上的意義，也並不會消失。從來沒讀過佛洛伊德的讀者，我推薦《佛洛伊德自傳》這本書，附錄裡面有我最喜歡的一篇佛洛伊德，題名是〈論幽默〉。

# 我討厭過洪炎秋

前陣子在讀一本非常有趣的書，林莊生的《懷樹又懷人：我的父親莊垂勝、他的朋友及那個時代》。

這本書在我年輕時就曾出版，但我沒有注意到，當時就算注意到，多半也會以為「親情八股」那一套又來了，不會有興趣翻開。豈知這本文集，正好是親情八股的相反——如果有讀者手邊有陳翠蓮的《重構二二八》，接近書的尾聲提到「日治時期從事民主運動的文化人莊遂性」——這個莊遂性就是莊垂勝。遂性是他的字。文章書籍提到莊垂勝時，會稱他曾任台中圖書館館長，或是台中知識分子的領袖——然而，作為兒子的林莊生，對「有為的父親」的感受不是那麼強，也並沒有因為要做好兒子，而將父子關係過分格式化。雖然語調溫和、措詞雅致，林莊生文中捕捉自己童年心事，不時透露一種「爸爸是我討厭過的第一個大人」的淘氣調侃，除了那份真性情十分好看，有時，也給人非常現代小說式的驚豔。

不過，有點像書評的這部分，只是要給讀者一個大概的印象，並不是我今天下筆的重點。讀這本書的時候，我有個奇怪的感覺，一直揮之不去，那就是「我討厭過洪炎秋」——但是為什麼呢？尤其是，嚴格說來，我並不知道洪炎秋是什麼樣的人。我對這個名字那麼熟悉的原因是，從小在所有國語日報出版品上，都會看到洪炎秋這三個字，他是國語日報社的社長。

如果讓我自己分析，我會說，那是因為洪炎秋被我等同於「推行國語運動」，而「推行國語」，又被我跟打壓本土語言或禁止母語種種的政策緊緊相連。矛盾的是，小時候，雖然我意識上知道獨尊國語是糟糕的事，我還是覺得《國語日報》上，無論小朋友的文章，或是大人寫的故事，都好看得不得了。上面的故事是連載的，我只要回到家，放下書包後的第一件事，就是去看看連載故事今天進行到哪裡了。

那樣的快樂，應該是有罪惡感的，我很難覺得寫故事給我看的作者們是壞人，不知不覺，就把壞的感覺，都堆在那個經常會在國語日報出版品上出現的名字上了。洪炎秋，他應該是一個大大的壞人吧？因為是孩子氣天馬行空亂抓亂取拼湊型的幻想，這種感覺，竟然非常根深柢固。國中以後，我就不看《國語日報》了，自然也沒什麼機會，特別想起洪炎秋是誰。

沒想到，那麼多年以後，因為《懷樹又懷人》這本書，我又看到洪炎秋三個字，「他是壞人！」——這種嗶嗶叫的警報聲，居然又響了起來。我對自己感到又好笑，又好氣。

林莊生說洪炎秋說的台語，「鹿港音之重，出我意料之外」——國語日報社的社長會說台語！我嚇了一大跳。世界都顛倒了。「父親出獄後，教育廳以『煽動群眾叛亂』為理由，把他撤職。洪炎秋先生也以『陰謀叛國』之殺頭罪名被撤職」——林莊生這樣寫道。洪炎秋雖不是二二八事件中的死難者，但也曾是嫌疑犯，這事連結到據說替他說情的許壽裳，我倒是還有模糊不清的印象，很可能讀到時，覺得「太複雜了、先跳過」。洪炎秋以父執輩的身分與林莊生通信，反覆在說一件事，那就是「不敢談二二八，但不談也不對」。就連為什麼父親莊垂勝能逃過一劫，他人的求情似乎能夠奏效——林莊生也只能推論，對於實情沒有全部把握。所有這些令人茫然想破頭的壞朦朧，其實也是轉型正義為什麼非常重要的原因之一。

不過，讓我來說另一件事吧。「……在提倡語言的標準化以前，所以要先來一個中國語文的恢復運動，尤其是固有母語的恢復運動，也就是閩南語和客家話的恢復運動……」——這是洪炎秋一九六四年的文章。看到「中國」二字，先別跳腳——即使這文章的十年後，隨意說「台灣」，都還有被羅織罪名的可能，這是必須記起歷史背景去理解的。

我從來不知道曾存在過「不將母語（閩南語和客家話）和普通話（國語）對立起來」的語言推動運動立場——這是無人聞問的紙上談兵嗎？誰的歷史，體現過這種精神嗎？——「我討厭過洪炎秋」——這是我個人的糊裡糊塗兼傻裡傻氣，我自己得看著辦。然而，面對我們的歷史，我想，一定有許多，比討厭還重要的事等待我們完成。

# 我討厭過普拉斯

啊，先說明了，不是《大佛普拉斯》的普拉斯，是詩人希薇亞·普拉斯。最近會想起普拉斯，感覺挺意外，得歸功於五月上場的國際紀錄片影展。影展會播出的其中一部片是紀錄片大師原一男的《怒祭戰友魂》，內容十分奇特。

電影中穿針引線的關鍵人物叫奧崎謙三，他在二戰時在新幾內亞體驗了戰爭的殘酷。數年之後，他出發弔祭戰友的方式，是敦促其他人，做出戰爭最黑暗一面的證言——這一點非常微妙，他本人與最令人痛苦的真相仍有距離，卻堅持沉默的人，必須把慘痛的真實說出來。這可不是如另一部紀錄片經典《大屠殺》的導演隆澤曼，那種知識分子的沉著，奧崎是會抓狂的，但說他發癲也不對，「這個瘋子說人話」這樣的感想，不斷在我心中叮咚作響。新幾內亞戰爭，也屬於台灣史的一環，這部片除了引起了我更深入了解這段過往的興趣，也令我想到「人與痛苦」的關係。而普拉斯這個名字，就是這樣浮現出來。

我喜歡普拉斯的詩，但是我曾討厭普拉斯，原因無他，因為她是一個痛苦的人。

從小我就是一個避痛苦唯恐不及的人，幼稚園老師曾說，打針不痛，只是像被蚊子叮；到了醫院，據說我都會請護士再三確保，針真的是「像蚊子叮的那一種」。我很願意讀書，因為不希望在考試時受苦；我有鍛鍊品格的愛好，因為從歷來的人生教訓看來，品格會使人較不痛苦。我對痛苦的態度，不是像球砸來時才閃才躲，而是希望五年十年之前，就知防守——我與童子軍的文化格格不入，但童子軍的箴言「我預備」，我真的很愛。在很長很長的時間裡，只要聽說痛苦事蹟，我反射性的想法就是：啊，他／她沒做足預備。

這樣的我，也曾與朋友大吵過。因為有個朋友說：「貧窮讓梵谷那麼痛苦，他實在應該先去賺夠了錢，再來畫。」不可能！記得我立刻反駁：他就是必須畫那麼多畫，那是難以扼殺地⋯⋯。看來我的「不痛苦優先原則」也常失守。但有時我又會發出完全不同的心聲，對著在我看來，痛苦不已的創作祈語：請先不痛苦一點點後，再創作吧。（我知道這種說法不公平，所以只會在心中吶喊。）然而誰有權評斷，多少痛苦叫做多？多少叫做少？

自覺堅強時，我用無聲的語言問「清晨四點起床寫詩」的普拉斯：為什麼？「把頭放在烤箱裡，這是什麼樣的喜劇天才啊，如果，她在那一刻能驚覺到一絲戲劇的光，如果，她能僅僅滿足於把頭放在烤箱裡，不要開瓦斯⋯⋯。」身旁朋友沒有說我，他知道我愛普拉斯。

很多人都有不幸婚姻，普拉斯之例中，有一事特別勾緊我的神經。普拉斯去世多年後，還有本關於她的書，是她前夫女友之一所撰——真是詭異。這麼說我的感覺吧：普拉斯令某些女人想接近她，但那未必容易，而前夫休斯成了通道。循著普拉斯的某些軌跡，我推測普拉斯明瞭了某事：她原有可能作為一個被女人愛慕的詩人（無關她是女同志否，只需詩寫得好即可），然而休斯出軌，將她貶為另一種，至少使她在危機中。關於通姦，有種說法謂，男人與女人通姦所造成的局勢，是在兩個女人之間，形成準女同志的架構。換言之，通姦多多少少總是種三人性愛，只是彼此關係不太對等，有人主動權高，有人則是未必同意而被「性到」，因為性愛並不是性行為而已。詩人經由藝術創造出的聯結，這實在可以看作主動性最強的女同志連續體；但另方面，透過配偶通姦形式而感受到的同性愛憎，則是光譜中被動性最強的一環——普拉斯身上，是最強與最弱的碰撞。我確曾討厭過她緊抱痛苦如球場上的一顆球，但我後來不再作如是想。我想她要的不是球，而是得分，為她自己，也為別人——在一個更大時空想像的團隊中。

執行限制，或許人就能較不痛苦——然而說來最矛盾的是，限制，卻也同樣可能造成痛苦。雖然我怕痛如昔，但我討厭過的大人普拉斯，我終於也能溫柔懷想妳的痛苦。某些時候我幾乎要對妳說了：妳是對的，痛苦從不是妳驅逐的對象。對於妳這樣一個拒絕驅逐的人，我想我也不再忍心，驅逐妳。

# 我討厭過克莉絲蒂娃

法國精神分析作家朱莉亞·克莉絲蒂娃前不久掀起了波瀾，但今天我想談的不是事件，甚至也不是克莉絲蒂娃，而比較是稱為「譜系」的主題。

不知是誰開始的，那時我們流傳一個詞，就是稱克莉絲蒂娃為「拉岡的女兒」——這是一個很不名譽的封號，雖沒在女兒前加上「乖」，彼此心照不宣的就是，她有問題，她不夠有反抗性。相比之下，另一個「三巨頭之一」依瑞葛來，不但與拉岡鬧翻，甚至被斷絕關係而放逐，感覺上就彷彿值得信任許多——跟著學姐讀依瑞葛來，就覺得背脊超直，百倍放心；讀克莉絲蒂娃呢，就有些提心弔膽。只是拉岡的女兒，就被嫌成這樣，若成了拉岡女兒的女兒，大概會活不下去。事過境遷了，我誇張地描繪那種「小心眼」來博君一笑，實際上呢，什麼都讀的人還是居多——頂多是會擠眉弄眼做鬼臉罷了吧。

但要說這事完全沒嚴重性呢，倒也未必。後來我在法國，有天還興匆匆地寫信回台灣：我讀了某書，發現拉岡的女兒未必乖，她批判起拉岡來，也很到位呀——竟會為這種事寫信！

我不是譜系問題的專家，但對這牽引出的感情很感興趣。有回清明掃墓，我的客家親戚正在交流，說到什麼溯源到甘肅，我母親聽漏了，慌張地問我：「哪裡？我們是溯到哪？」我覺得超好笑：窮緊張什麼啊？三天前的事，妳就已經亂亂亂，人家告訴妳這個甘肅，妳會記多久？下次再問妳，難保妳不跑到西伯利亞去了——要說豐富想像力呢，那也還不如我一個阿姨厲害，人家她告訴我，她溯自天界的玉皇大帝以及……，但怎麼不信阿姨，信族譜？

不過偶爾在下也講究慈悲，會把嘲弄深埋。現實世界中，譜系常是政治宣傳的手段，往往也是經濟學專題。——攸關了物質與非物質的資源分配。近年以同志人權為主軸的婚姻平權，說起來也與譜系觀念有關。反對方往往會強調大衝擊，某些支持方則主張此改變帶來最低影響。我的想法有部分倒是「接近反方」——因為，我認為改革確實不是不痛不癢，是巨大衝擊。只不過，我與反方最大的不和呢，是我認為平權的大衝擊，是深具新意的價值重建，可以根本改變我們政治經濟組織的精神，使它更趨多元平等。不過這就稍微扯遠了，我母親的譜系熱情，是我最漠不關心的一種，但我仍抱以善意，因為我很同情這種熱情的原始功能——那是什麼？那不過是減緩寂寞罷了。

我真正熱愛的，是非關血緣與生殖的另一種譜系作用力。在大部分的時間裡，我覺得它滿好，它把我們帶到叢聚思考與記憶的方向上，以較一般的話來說，這是種「一次設想較多」的資訊處理與擴充方式。

最近重讀樋口一葉。以新井一二三的話來說，她是「掉在時代縫隙」中的作家，換句話說，就是「放在哪邊都放不好」（譜系進入困難）。然而，一二三仍暗示了非正式的譜系，當她著眼在一葉早慧與看透世態的特質時，她聯想到張愛玲，這帶來強烈解說性的效果，這也就是譜系的註解功能了。我被勾起了好奇心，也假設起來：一葉和永井荷風放在一起，兩者是「與吉原風化區有鄰近性」；和島崎藤村放一起，那是「都出生在一八七二年」；和三浦綾子一起，則是「都開過雜貨店」——我初步思索，更想知道她和田邊花圃的連帶，既然一葉是因她崛起，而興起創作志向，在刺激者與受激者之間，應該會有啟發性。虛構的連連看，若得不出有價值的見解，就只是列好玩或拿來半途而廢之事。「比較」的價值得建立在「然後呢？」的研究上。一八七二說，通常是可以讓大家翻臉的「你也太混了」——不過，考慮到島崎在小說史的樞紐位置及其文風，「一八七二之想」就未必離譜。風化區分組呢，要是加入各地的作家，想必可觀；至於開雜貨店的履歷，或許深化不了對作品的認識，但對「雜貨店史」來說，也許就大大值得記住。

說到譜系的遊戲，真是津津有味。不過，我依然再次想起了「我討厭過克莉絲蒂娃」——「年少心中的小討厭」，刻下的正是「以譜系形象傳播」可能的副作用——它並非沒有窄化與限制的風險。想到這，哀愁與喜悅這兩種相反的心情，就同時湧上了我的心頭。

# 我討厭過「書法老師」

前面幾次說到討厭過的大人，除了是前人，也常是歷史人物——今天想講的「大人」不太一樣，是個在我生活中的成年人——這事我放在心裡多年，發生時，我九歲或十歲，覺得描述是很難的事。

我記不得他的名姓。他是我上小學時的書法課老師，對我來說，這人就是書法老師，書法課也許是一節吧，除了第一節課說了「永字八法」，後來就沒多教什麼——上課就是磨墨寫字。說這課堂與老師都沒有很大存在感，應該說得過去。似乎是月考完的那週，會讓我們改成帶課外書來讀，總之就是有堂書法課，不用寫毛筆了。我和其他同學一樣，規規矩矩地帶了課外書到學校讀。

快要下課時，書法老師走到我座位旁，對我說：妳看的漫畫很有趣，可以借老師看嗎？老師要跟妳借東西，雖然驚訝，倒也不大可能說不。所以，老師就把我的兩本漫畫帶走了。

這事到這裡，還看不出有何不對勁。接下來的日子裡，書法課照舊，因為沒有講課，所以對老師沒有深刻的印象，也沒有特別可說的記憶——然而，我一直惦記著我的漫畫。老師什麼時候才會還我漫畫呢？我想過這個問題。到了學期將近結束，我想到下學期就會換課表換老師，加上當時也是所謂結清時刻——被老師沒收什麼，這時也會開始還給同學了——我的漫畫不是被沒收，老師跟我借，總該還給我了吧？下課後，我就跑去問老師：學期快結束了，老師漫畫看完了吧？可以還我漫畫嗎？老師一口答應。他說了一個時間，要我到他辦公室去拿。這時我也並沒有想，老師明明可以把漫畫帶到教室還我，為什麼還要我去他的辦公室？去各種辦公室幫老師跑腿，這事我不陌生。

約定時刻到了，同學小蘇陪我去了老師辦公室。我一個人進去，小蘇在外頭等我。當時我和小蘇最要好。我從辦公室出來時，馬上跟小蘇說了，她用哭音道：「上次也是這樣對我。……不要臉他有鬍子好刺。鬍子刺人好痛。」我沒有細問小蘇，她怎麼被騙，我還驚魂甫定，而且，比小蘇老成的我，曉得發生的事，比鬍子刺嚴重多了。我當然也沒責怪小蘇，怎麼她先碰上壞事，不知道警告我——很顯然，她雖然痛恨「那種事」，但她根本不懂。她比我稚氣。但——稚氣不是一種錯。

我是在拿到漫畫的最後一刻，被偷襲的。

那個年代，「性騷擾」三個字還沒譯介到台灣，「戀童癖」也不常聽說。

書法老師的辦公室，不是大部分老師會出現的大辦公室。那間辦公室緊臨訓導處，是給負責行政的老師的——書法老師也是訓導主任以下的某個組長。偷襲發生過後，他或許認為如同舊小說中，誰強暴了女奴即為將女奴「收用」，有天還堂而皇之地，擺出懶惰的主人派頭來交代我，彷彿我成了他的家臣手下；他讓我做是他該負責的朝會講話，要我準備一個勵志故事，合乎當週中心德目，對著全校演講。

朝會當天下了雨，我站在訓導處的麥克風前，把故事講完——所謂忍耐的極致，就是這種東西吧。在家裡準備故事時，我一度把東西亂扔，因為我想殺人。

在被奸詐的陷阱包圍時，我卻只想著我的兩本漫畫——大人好厲害。書法老師撲上來時，我連恐懼，都來不及恐懼。在小說或電影裡，壞人使壞前，會有下流的表情，但在生活裡，根本沒有這種跡象。——我印象最深的是，書法老師一點罪疚感也沒有。肆無忌憚，現在想來，應該是因為「他並不是不小心」。

只要任何一個第三者在現場，那種惡虎撲羊，都是不堪入目的。然而，當天辦公室裡，只有他一個老師。我受苦至深，不知道如何開口說出那份不堪入目。小孩間有種溝通，用不太精確的話或是哭，就能交流，小蘇和我，就是這樣。但要和大人報告，才被大人欺負過……怎麼想都很難。說「老師親我」並不對，我也親我的洋娃娃和阿嬤，但兩者不一樣；說「老師嚇到我」最接近我的感覺，可是連我也知道，別人聽不懂；說「老師猥褻或襲擊我」也辦不到——那麼困難的詞，我還不會用。——現在我當然知道，適格的成年人，不會挑剔用語，就了解嚴重性——但是當年我不知道。

討厭多半會過去；惟獨這個大人「強凌弱」的卑鄙面孔，不曾在我心中消散——我始終記得，卑鄙並不是從他的臉上，就可以看到的。

# 我討厭過伍迪艾倫

如果我說「我討厭過伍迪艾倫」，大概有人會立刻道：「這是想當然耳吧。」——不過，其實並沒有那麼想當然耳的事喔。

伍迪艾倫的醜聞環繞兩件事，一是他是否有性侵七歲的幼女；一是他與戀人米亞．法羅的養女宋宜的婚姻。第一件事我比較晚知道，許多與伍迪艾倫合作過的演員，最近開始把片酬捐出給反性侵與反亂倫組織，有這種舉動的演藝界人士，看來是認為性侵可信，否則好端端地把片酬以這種方式捐出，絕不是常情之中，我們相信某人清白時所會做的事。在這同時，有個新聞則說，伍迪艾倫力陳自己應該成為反性騷擾的代言人，因為只有一個人控訴他，且沒有定罪，表示他的紀錄非常良好。

這裡我並不想直接表明我對此類「紀錄良好」的想法。倒想起我年輕時的經驗，我是親自碰過性騷擾慣犯，在同時也十分想參與婦女運動——甚至還拜託我牽線——開什麼玩笑啊，記得我當年深深感到哭笑不得。這種現象有那麼怪異嗎？也許並沒有。就像神父或警察也會犯罪，即使有女性主義者犯罪，我雖不樂見，但未必就會驚訝：人很複雜。

我的主要關心，是一種比較沒有企圖心的關心。我贊成防治，並支持倖存者的重建，不過當我說到「較沒有企圖心的關心」，我想說的是，我想特別關注人們最一般的「預備心理」——簡單舉例，有些被強暴傷害到非常嚴重的倖存者會說，自己以前，「一點都不相信別人口中的性騷擾，都以為談這事的人神經過敏，等到自己碰到時，才驚得不得了」——驚駭得太厲害，有一蹶不振的危險。大部分的人都不同意性侵幼女，這在觀念上沒有嚴重分歧，爭論只在於事情發生沒發生；所以我今天的重點，想擺在另一個「醜聞」上。

要談這事，必須觸及一個困難的主題，就是「亂倫」——亂倫有不同切入角度，有法律的，也有心理學的——後者提及過「情感性亂倫」這個概念，亦即沒有性行為，純粹作用在情感層面，雖然法律管不到，但對當事人的生活上仍有影響。——「當事人」也是一個重要的觀念，在一樁事件中，誰被包括在其中呢？往往不只是行為者。如果說伍迪艾倫與宋宜並沒有過血緣與法律上的監護關係，伍迪艾倫與米亞．法羅的親生兒子羅南，說出自己「父親從此變成姐夫」的說法，卻並不是說笑。而是在羅南的位置上，他體驗的確實是一個亂倫才會有的「複寫效應」——從米亞．法羅的位置出發，養女變成戀人的女友，只要解除與伍迪艾倫的戀人關係，就可以解除「曾是戀人又變女婿」的尷尬，因為情侶關係是可以解除的。但是羅南的父子與姐弟關係卻不能解除——這個看起來「好像沒有亂倫又好像有的事件」，有一個特性，就是即使伍迪艾倫與宋宜都不覺得，甚至也不以亂倫的實行感在交往，其結合輻射至「局外人」的羅南身上，卻仍產生了亂倫的「見證」效果。這很值得研究。

在我們的社會生活裡，某些人就是會同時或先後，與父子、母女或某人的兄弟姐妹都「睡」過——路易·馬盧的《烈火情人》，兒子馬汀意外撞見妻子與自己的父親（公公）性交，驚得連連倒退，以至從高處摔下慘死。一般人遇到此類事項不會有地方好摔，就算從哪裡摔下，通常也無人知曉，多半只能默默面對「詭譎」。馬汀是在道德上譴責什麼嗎？電影中看來絕對不是，他只是「連想像，都想像不到」——以毫無心理預備這事來看，當然有種深刻的不公平，也是我在意的：想像不到的傷害，就是有可能發生喔。

人在一般狀態下都偏愛體貼的人，只有如此，自己的感覺才會被考慮進去；然而戀愛在本質上就有不考慮某些人的暴力特質，戀愛時，我們也會體認到自己正不顧某些人（例如其他自己不考慮的求愛者）的意願——。伍迪艾倫與宋宜的結合是「特別考慮了自己，也特別不考慮他人」的戀情——如果說異常，戀愛多半異常。更異常的也還有，並不值大驚小怪。

所謂考慮他人，就是具有性愛迴避能力與迴避圈的人，越會考慮，迴避圈通常越大。想要不傷害的人很多，過分朝這方向發展，也會犧牲本身愛慾，或只好進修道院了。這未必最好。相反地，也有無論是他人的伴侶，親友的戀人，都想一網打盡，完全不接受任何性愛迴避限制的人，只為性愛圈的極大化而活——貨真價實的亂倫，則對自己骨肉也不採取性愛排除原則。如此我只能找到機會時就說，要永遠記得，世上至少存在上述兩大類的人喔——要學會敏銳察覺。我們無法根除人們被驚嚇的可能，我只希望你／妳被嚇到倒退走時，請不要走太急，請不要死——因為，我真的很在乎，你／妳們的那條命。比起來，我就不是那麼關心伍迪艾倫了。

# 我討厭過希斯克里夫

專欄寫到這，我突然想換換角度，問自己，在虛構人物裡面，有沒有自己討厭過的大人呢？

記得有一次，朋友批評我不夠關心邪惡的人，我用來自我辯護的話就是：「怎會？我覺得我就很注意《咆哮山莊》裡的希斯克里夫。」那算什麼惡？那不過就是痛苦而已。——與朋友的這類對話令人煩心，我們老是僵持不下。——舉來舉去只舉出希斯克里夫，我也不滿意——一般的作惡，不過是愚蠢，只有希斯克里夫，我感到較深的興趣。

這個問題對我來說有意思，很大一部分，也因為它與我對何謂同志的思考，是同時平行開始的。當時我十三、四歲，剛讀過《咆哮山莊》，也第一次面臨思考「什麼是同志？」的困境。那時環境不比現在，既沒有「同志」這個中性甚至可以說支持的詞彙，更要命的是，舉目望去，覺得世上連一個同志都沒有——除了妳面前的這個「無以名狀」之人。而我覺得最像「同志」的虛構人物，就是希斯克里夫了——希斯克里夫的性別在小說裡沒有什麼曖昧，他是被當成男性來描寫，不過，我最初注意到「同志」，並不感覺性別是核心問題——我覺得「社會摒棄」才是首要特徵——換句話說，性別氣質的不正統，本身並沒有什麼可反感處，然而這個不正統立即伴隨的賤斥，才使問題複雜——因為如果賤斥存在，愛一個不正統的人，就不單單是愛的問題，它一定變成時刻在與社會宣戰——應該與社會宣戰嗎？年紀很小的時候，這問題並不容易思考清楚。

《咆哮山莊》這部小說，我每隔幾年都會重讀，每次往往都會讀出年少時不夠注意的細節。對於愛蜜莉．勃朗特的佩服，一直沒變。這個故事她寫了兩代——能夠寫到第二代，人物性格不若第一代那麼強烈，我覺得是更厲害，更能看出偉大文學的部分。要感受希斯克里夫的命運，最難的不是前半部直到凱西（凱薩玲）死去——而是這個人還得帶著他的性格與記憶，活到第二代長成，當我們感受那之中流逝的時間，小說嚴酷的寫實，大大超過了浪漫。

我討厭希斯克里夫，很小的成分在於他被呈現的無道德感，而是在於他帶來的難題：到底可以怎麼愛這人呢？

凱西的失敗值得省思。她認為她與希斯克里夫不分彼此，可是在她愛的計畫裡，她要依靠被看好的婚姻來幫助自己與希斯克里夫，她甚至覺得，婚姻如有什麼好的成分，只在於那讓她有可能襄助希斯克里夫。這是公然認為「丈夫存在的意義在於扶持情夫；婚姻結合的目的在於保障婚姻外的情愛」——在女人與若干男人不得享有獨立人格與財產權的社會裡，凱薩玲的「想當然耳」，一點也不異想天開，反而是邏輯地將死父權婚姻的一著棋。她不覺得婚配希斯克里夫要緊——然而，希斯克里夫不做如是想。他認為與凱薩玲的結合是他不該被剝奪掉的人生，既然財產與家世是他被否定的原因，他就冷酷地奪取。希斯克里夫並不是只有手段的殘忍，可以說，他也獻出了最無情的心——然而，無情的，真的是他嗎？

如果說我從小到大的轉變，是從同理凱薩玲，漸漸改變成從希斯克里夫的角度看事情，其中關鍵的轉變，大概就在於對社會與文化建制的反省。凱薩玲不見得覺得現實是對的，但是沒有太多資源的她，不太可能想像改變既有秩序，她覺得做一個「情感上的義賊」就夠——然而希斯克里夫認為此舉虐殺了他們兩人。從這個角度來看，希斯克里夫才是兩個人中比較有感情，甚至明智、不殘酷的人——是他才體現了文明的可能與愛。——凱薩玲的（與社會主流）合作主義與走私之道，反而是踐行了社會無血淚的另一種恐怖主義。進一步解讀希斯克里夫，他的生命宣言難道不正是：有愛並不夠，婚配才人性？

所以，討厭過的大人教了我的一課就是：有時討厭往往就是，想得不夠清楚的愛。

剛剛得知盧凱彤過世的消息。對於這位可愛地把「謝謝我太太」帶入公眾語彙，對同志平權多所付出的聰明音樂人，謹以此文，表達哀悼。儘管，我們都知道，哀悼並不夠……。

# 我討厭過Y學長

最近幾日，我都在想「兒時玩伴」這件事。根據匈牙利文學巨擘桑多．馬芮的看法，有種兒時玩伴在我們成人後，仍會扮演品格見證人的角色。其他人的觀感總是沒有玩伴重要，我們在心中會不斷探詢：那人會怎麼看我？那是我們最祕密與最尊重的裁判。

我曾經有一群兒時玩伴。

如果馬芮的說法為真，我們當中的每一人，都有不是一個，而是一群陪審團——也或許不那麼戲劇化——。到了人生某個分水嶺，我們似乎又會刻意避開年少記憶，為的是後來各自發展所需要的獨立空間。然而，兒時玩伴確實有些「特權」。妳會看到別人看不到的，他或她的青春模樣——有時與這人後來的角色大異其趣，有時也瑣碎無聊到不值一提。我們畢竟會保存某個人一瞬即逝的人生顯影——不論照片價值高低，我們都可能是，在心中拍下唯一快照的那一人——這就是我所謂的，兒時玩伴的特權。

真正接觸多的有五、六人，外延出去的也算，大概十人。十人都算時，Y就會算進來。或許因為他是學長，雖然時不時看到，心理距離上，就稍遠。那時我和L會興高采烈地聊天，一旦Y靠近，我們就住嘴，偏要等Y走後再嗨起來。因為我和L，有「我們可以談有趣事情」的默契，Y被當成「會使有趣變不有趣」的「討厭學長」——看到Y有些落寞地「放我們一馬」，我總是很開心——那時並不覺得排擠學長，算是排擠人。Y是魅力明星，若以擇偶理論看，還是在頂端的阿法男。所以「不跟他玩」，不但沒有不正義感，還有莫名其妙的矜傲。

有次，被Y看到我拿著《憤怒的山城勞工》。他問：「妳平日在看的，都是這類書嗎？」我答：「沒。是因為要準備勞工權的討論，特別讀的。」Y的表情凝重，讓我一頭霧水：你平日三句話不離馬克思恩格斯，我看《憤怒的山城勞工》很離譜嗎？為什麼你一張要死不活的苦旦臉？——也許他只是不會做表情吧？長大後的我這麼想。——當年對學長姐都有奇怪敬畏，學長姐不微笑就算了，沉默是什麼意思啊？後來我自己變學姐，才稍微懂換位思考——我容易皺眉，往往被誤會有滿腹批評，學弟妹驚慌問：「說錯什麼嗎？學姐眉頭皺成這樣。」我才知道自己又皺眉了。忙解釋：我一專心，就會皺眉，沒別的意思。

我們都是高中生，讀大學的Y就非常顯老。要說他怎樣灌輸我們左派思想，倒也想不起來——我記得的都是「左派學長」與當年（我的）刻板印象矛盾的東西。比如說，大家一起看平克佛洛依德的影片：原來左派也很文藝呀。又比如說，Y非常喜歡吃合菜——這事我會注意，是因為在這之前，我不知道「合菜」是什麼——當時高中生飲食比較是西化加省錢方案吧，外食我最常吃雞肉飯加肉羹，意思是要最省但又有湯有飯——並不覺得窮——錢要買書。合菜就熱鬧了。人多到一定程度，Y就會情緒高昂地說，吃合菜吧吃合菜吧，我們對吃都沒意見，就Y最熱烈：學長怎麼好像喜歡跟我們吃飯，更甚讀書呀。

與Y的死訊，同時震撼我的另個訊息是：原來Y不過大我兩歲。——為何當年覺得他像從上個世紀過來的？我想起Y的學弟K，有次對我狂抱怨，說小我們一歲的學弟們，讀書態度超不正確：幼稚、虛榮、欠深刻。有點要我拿出學姐樣糾正他們的意思。我反而一直勸慰K：學弟們還年輕呀。回想起來，真是不可思議：十七、八歲時，大妳一歲的人就老不堪言，小妳一歲的卻又成了嬰兒——這種對年歲的哈哈鏡反應，真只有後來才會驚覺荒謬。而Y，因為太過漠然或別的什麼緣故，我就從沒回頭，重新校準過感受。

該感到歉然嗎？然而要歉然，恐怕也不只一人一事。三一八時，我覺得完全理所當然，就算左統到西伯利亞，Y也不可能不站在學生這邊。最後日子裡，他還想著光州光州，這就是當年我和L會「完全不想跟他聊天」的死板脾氣——

雖說我一樣最在乎光州。抱歉了，一直太當你是「沒意思學長」。真不知在世上，有多少，沒被了解，就被飛快討厭的學長姐呀。我於是再次不符馬克思無神論精神地，祈願在另個世界裡，你還能，吃到你所深深喜歡的合菜。

# 我討厭過楊翠

因為促轉會的新聞，看到楊翠的照片——我在座談會之類的場合見過她，印象深刻。我的某些朋友常罵我，說我太溫柔了，其實我自己並不覺得——觀察楊翠時，我突然想跟朋友說：我哪裡算得上溫柔啊？像楊翠，才真是對人、對世界，都彷彿有用不完的柔情呀。而且，雖然「人不可貌相」確實是本人的處世原則，但有次還是忍不住碎嘴：「你們的楊翠老師真的好漂亮啊。」我想是促轉會的工作太艱難了，楊翠看起來有些憔悴。做那麼繁重工作的犧牲之一，大概也是不能表現出絕世美女的一面——不過，私下聊天時，有時我還是忍不住會嘆息，楊翠實在美得非比尋常啊。

不久，我忽然想起一事：其實我少女時，討厭過楊翠耶。哎哎，我怎麼會討厭過楊翠呢？

不過，討厭這事，一分鐘的討厭也是討厭——如果討厭過楊翠一分鐘，也是可以好好想一想。

原因可以說簡單，又不簡單。我討厭過楊翠，因為她是楊逵的孫女。這、這、這，這是什麼理由？是真的啊，那時我除了知道楊翠寫的書，對她本人根本一無所知。我記得，應該是因為，任何人說到楊翠，幾無例外地，一定會加上「她是楊逵的孫女」。那我是因為討厭楊逵，所以討厭楊翠嗎？恰恰相反。對於關心台灣文學的人來說，楊逵是個了不起的存在，可我幹嘛閒來無事討厭起人家的孫女來著？難道人家不可以有孫女嗎？現下想想，我為了寫這個專欄，犧牲也不可謂不小，所有曾經的幼稚任性，都要翻箱倒櫃出來檢視一番……。

思索我年輕時，對楊翠「一分鐘的討厭」，我覺得頗有所得。那種討厭，其實是一種面對「光榮感」的不安與壓力——而克服這種非理性的討厭，則有賴成熟。

這件事有多麼普遍，讓我舉幾個例子好了。

我有一個讀研究所的法國朋友，有天怒不可抑地跟我說，他班上的某某某某，說到他們的父母都參加過六八學運，彼此就聊得起勁，他說：「我爸媽都在鄉下，哪來的六八學運好參加呀。」——他討厭他同學裡面的學運兒女——即使我推敲聊天的兩人並無炫耀之意，只是剛好說起，平素善於體諒人的我朋友，還是大大抱怨了一番。

我有另一個少年朋友，他知道「同志驕傲大遊行」時，簡直驚慌失色，他說：「我們怎麼可以驕傲？同志有什麼好驕傲？如果別人知道我們驕傲，不就會更討厭我們了嗎？」我跟他說驕傲是「光榮」的意思，並沒有看不起別人。可是我這個非常與人為善的同志朋友，還是唉聲嘆氣，頻頻說，為什麼不改個更可愛的名字呀？

還有一次，記得是我介紹一個學姐給人認識，這個學姐做了不少厲害的工作（敝人之所以對女同志文學有所認識，全要拜她引導之功）——所以我在說到她時，情不自禁地細數其功績。結果，我的一個同學對我大翻白眼，悶聲問我，妳是要大家起立鼓掌嗎？——我同學沉不住氣的程度，也算相當誇張了。不過，我也因此學到一件事：有時讚揚甲，就會傷了乙的心。不過，在一般的狀況裡，人們會因為教養，即使感到不適，也不表達出來。

為什麼面對光榮的人事物，除了尊敬或愛惜，也會有反彈或怒氣呢？我想，那是因為敬與愛，畢竟是種精緻的感情，多少會帶來拘束、也會累的——不過，若說為使人們都不疲倦，而迴避一切對光榮的想像與表現，這也近乎矯情。

關於光榮，還有另一個面向，那就是慣性——某些歧視根深柢固，被歧視的人如果打破慣性，表現出自愛自重，也常會被不公平地說成「過分自負」。

這在審視各種殖民與被殖民的問題時，也很容易發現。愛說被打壓過的母語的人，常被批評為「太驕傲」，仔細想想，那不過是一份「剛剛好的光榮」，可是因為打破了過去政權在文化中加諸的慣性，再加上人們不容易對自己的「光榮過敏」有所覺察，就會把本應微笑以待的自我肯定或是相互的、族群的支持，視為挑釁。假定發光的人「無往不利、刀槍不入且三千寵愛集一身」，這是很任意的幻想——別被幻想綁架。如果像我年少時有那麼「一分鐘被綁」，也沒關係，掙脫就是了：且讓我們放心地發光，放心地沾光——畢竟「討厭短而相愛長」，是很美的。

# 我討厭過葉石濤

前陣子去台南玩，除了安平樹屋與台灣文學館，另外鎖定的就是葉石濤紀念館。雖沒待多久，情緒卻很高張——好吧，兜來轉去，還是讓我承認吧，我偷哭了啦。

住在台南的小姪子，大約五歲時，曾在電話裡對我說：「台南離台北很遠。」我對他說：「不，兩個城市的距離並非很遠。」可能我的口氣有糾正的味道，他有點不好意思又很勇敢地加了一句：「沒有『很』遠，但有『一點點』遠啦。」我於是接著說，你已經懂得使用修辭細緻化你的表述，姑姑很高興。——反對我或說我壞話都好，只要他的語言策略靈活，我就會對他大加稱讚。不惜弄得他一頭霧水。雖然發現語言是一輩子的事，但是沒什麼，能比童年時觸摸到語言的層層變形，能更深入一個人的靈魂了⋯⋯。

在我童年記憶裡，葉石濤很怪，這也跟語言的摩擦生熱經驗相關。小時候，我是個在閱讀上囫圇吞棗的小孩，國小老師在課堂上詆毀新詩，問我們：「『天空非常希臘也』，這是什麼亂七八糟的東西？」

我以為老師很無助，就大聲回答：「老師，那是余光中。」

老師吃了一驚，但也有點龍心大悅——這至少證明我很專心在聽她講話，她自動推論：「原來我們班上就有個新詩的擁護者⋯⋯。」似乎頗有世風日下之傷懷——我一向受老師寵愛，她於是表現出一種「看在學生的分上，我就不要那麼痛恨新詩好了」的大人大量。

其實我心底在想：老師在說什麼啊？我哪有擁護什麼？我只是「知道」而已呀。——文學需要擁護，對我那年紀來說，感覺非常艱澀。我仍天真，喜歡回答問題，像連連看，大人丟句子，我就丟回出處——閱讀的力量，就是可以拆大人的台。比如有次我父親對我訓話，我一聽就回嘴：「這些話都是你從那本《如何教養八到十二歲小孩》裡讀到的，有什麼了不起，那書我也讀過了。」我的文字毒癮到了泯滅人性的地步，倒楣的是我讀幼稚園的弟弟。我教他「腹笥甚窘」這句成語，並且對他說：「像你，你就是『腹笥甚窘』。」他也知道這是罵人的話，我對著他嘆道：「弟弟啊你腹笥甚窘。」（有時還加上「胸無點墨」）讓他氣得臉紅脖子粗——我那時不懂「同理心」三字怎麼寫，也還沒進攻兒童心理學，不然，我就會知道，像我這樣變態地咬文嚼字，才最需要好好輔導。

鄉土文學論戰時，我四、五歲，還沒開始用「腹笥甚窘」找我弟的麻煩——也許因為我後來的讀物大量來自雜文與副刊，所以論戰的用語，就如「天空非常希臘也」一樣，我全都不求甚解，照單全收。如果老師在課堂上抱怨鄉土文學，說出「沒有土地，哪有文學？」——我想我也會搶出來答數：「老師，那是葉石濤。」

那我可就要被判定是鄉土文學的擁護者了。長大以後，才知道當年論戰激烈，有許多值得重新認識的課題。不過，我很清楚記得，我當時討厭過葉石濤，因為他的那句名言，曾讓作孩子的我，百思不解。我以為我應該是多少懂文學的，那麼我實在看不出文學與土地有什麼關係，除非是賽珍珠寫農夫王龍的三部曲——這我很確定裡面，有土也有地。難道，文學只與王龍種田有關？我是把「土地」想成「田」或「地面」的意思了。

這幾年的台灣文學，出現不少以海洋為中心，或說親海的作品——這裡的海，說起來也是當年「土地」的意思——土地、在地、地方、本土或鄉土，絕不是我做小學生時，傻頭傻腦的想法。這類字眼是褒是貶，要看脈絡。我曾覺得在學校教台客語很好，但擔任母語教學的我母親，卻很委屈地說，哪裡好了？我們被當成鄉土教材，只是鄉土而已耶。「鄉土」不好嗎？她是不是搞錯以為這有「很土」的意思？我揣摩她的感覺，猜想她要表達的大概是，鄉土的次等烙印並未消除，這等用語仍有暗示此道並非文化重心的危險。

站在葉石濤紀念館，我在心底說話：小時候我曾誤會您好深啊，我來看您了。我想告訴您，我了解「沒有土地，哪有文學？」的涵義了。我從最遠的無知一路走過來看您，我不會說「請見諒」，因為我相信您一定知道，任何小孩都需要時間，才能長大成人。我想來說一聲：我真的討厭過您，但我現在更謝謝您。

# 輯二　有多恨

# 恨我恨不長

希區考克的電視劇場有一齣，細節大部分忘了，但主幹還記得。說的是很奇特的復仇。

一般我們想到復仇，就是盡可能地毀滅一個人。但這齣劇特別，在於它說，毀滅一個過得不好的人，不是最大的毀滅，所以竭盡所能的復仇，首先要讓所恨對象活在幸福的高峰，然後再毀了這個正覺得生命無比美好，自己備受眷寵的對象。因此復仇計畫的前半部，就在使此仇家心願一一達成。那也還好仇家的心願不外有家有產之類，否則，若仇家的心願是世界和平，或是寫出什麼文學名著，旁人要暗助，未必容易，這復仇的難度就大多了。

那麼恨——我非常吃驚。就想像力而言，這個想像很有趣，但不知現實世界中，是否有人可以恨到心思變得如此細密，甚至是有毅力了。

我自己對恨的第一個觀察與感受，來得很早。那時感到「最恨」的是，要長久保持恨意，總是力有未逮。就像要撐住不睡著一樣，讓恨意始終醒著，其實異常困難。發現這種事，對自己會很氣，為什麼不堅持？為什麼不執著？明明有理由恨，也確實恨了，但就像唱歌不換氣一樣，即使氣可以長到像莫札特的《夜后》那樣「哈哈哈哈」在喉嚨裡刀起刀落，那也只是幾分鐘一首歌的事而已。

這個「恨我恨不長」的感覺，大概不是我獨有的。

我一個喜劇感十足的高中同學說過一件事，她在吃早餐時和她媽媽吵起架來，一肚子氣地揹著書包衝出家門。背後的門都關了，想想怎麼樣都覺不足，從書包裡找出紙與筆，非常克難地就著樓梯間的簡陋環境，寫好「我恨妳」三個字，再去摁門鈴。她媽開門看到她，也還在不爽，大概就連名帶姓地叫她，問她有什麼事。我同學就把紙條塞給她媽，再奪門而逃——就怕紙條又被塞回來吧？

用說的不夠，必須立字為證——現在的人大概會用簡訊——但簡訊好刪。紙條也可以撕碎丟掉，但「存在感」還是強的。我想她當年用的是原子筆，如果用的是奇異筆，那效果又不一樣。如果每個字再勾上金邊——不行，太講究，就變藝術了——難保收與送的人不感到昇華的氣氛，那恨意就心有旁鶩了。我同學當時並不想做藝術家，她想做的是「恨家」。

如何把握恨的分寸，不使冰成水，水成水蒸氣，始終維持冰的同一樣態，是需要警覺的——恨也像泥鰍，不小心就會從心的手中溜掉。要找「恨不長」的例子，張愛玲的小說是個寶庫。

《金鎖記》裡的曹七巧，讓哥哥安排嫁了個有錢人家的骨癆病人，打起點就像是被犧牲的弱者，但是她在金錢上倒是精明，長年曖昧的小叔來騙她錢，她也能裝無事如問案地察得實情，七巧如果經商做事業，至少不會隨便被欺哄。但她發火後也是不能恨，只是變得對自己子女更加惡毒。七巧往叔嫂亂倫通姦的路上走，讀起來卻無穢邪感，反像是這女人終有個健康的慾望。但她不被當作理想的偷情對象——她的姿色與媚態是夠的，然而，在小叔的思路裡，理想偷情者要嘴緊少脾氣，還要人緣好——萬一事情敗露才有人幫忙遮蓋。七巧先天不良娘家窮，加上後天沒學這門功夫，縱是大膽也沒用。偷情有偷情的社會資本。資本不足，到處被堵。

〈茉莉香片〉裡的聶傳慶也是典型的「不能恨」。他且是立刻把恨意轉成虐待狂的志向，變成求愛者。「光是恨，有什麼用？」張愛玲寫傳慶心裡話，「如果她愛他的話，他就有支配她的權力，可以對於她施行種種纖密的精神上的虐待。」——看這兩個例子，「光是恨」，倒是清爽正派多了。恨家會變成求愛者或虐待狂——這或許說不上古有明訓，但張愛玲確曾揭過這張以愛掩恨的皮。

扯上情慾的恨，尤其曲折難斷。不過，「恨不長」也有不那麼情慾的例子。

下面這個故事最先應該是杜斯妥也夫斯基說的，後來幾經轉述。說革命黨人前去暗殺沙皇或其親族——炸彈爆炸了，暗殺者卻想沒多想，自然而然地救死扶傷——蛤？這樣又何必放炸彈？暗殺人又搶救人家生命？以為暗殺是在拍電影嗎？第一次讀到，我只想，俄羅斯人的靈魂真的好神祕喔。再想想，這有道理，而且就是「恨不長」的道理。恨不真正在自己生活裡的人，如沙皇皇族，如素未謀面的異國人，這種「恨」想必很抽象，甚至是概念性的。

簡單的恨，易燃也易滅。恨到要暗殺對方，這種恨，照說是嚴嚴密密，八風吹不動才是。然而，一旦親眼見到對方受苦或受傷，恨就拋到九霄雲外了，可見這恨有很大程度，是虛幻的。斯湯達爾的《紅與黑》中，于連知道舊情人雷納爾夫人破壞了他青雲直上的大好前途，馬上去買了手槍，對著雷納爾夫人開槍——這夠恨吧？可是在牢中，于連卻發現，他恨雷納爾夫人，因為覺得她阻礙了他的幸福，但是此刻他卻忽然醒悟，他跟雷納爾夫人在一起的時候，他曾多麼幸福。結果他也是開槍取人性命，又希望對方活下來。甚至痛悔到覺得，要是雷納爾夫人死去，他要自戕。

由此可見，開槍或是殺人這個舉動，有如標誌了「恨到最高點的錦標」，但是達標以後，有些人的恨意卻會整個衰退，甚至喪失不見——在這種情況下，或許不能說先前的恨是假的，但至少恨不能持久也是真的。那到底要以哪個自己作準呢？是有恨的？還是不恨的？兩個不都是自己嗎？

恨這個字用四聲發，有股狠勁，帶有一種「絕對性」——是恨就沒得商量，是恨就沒有轉圜——可這種堅定往往不像它字音字義上那麼飽滿——對詞彙不多且情感不經細緻化的人來說，有人在路上按你喇叭是「恨」，有人偷吃了你的巧克力也是「恨」——套用某天主教修士的說法，說我們討厭某人某事，只是我們更喜歡其他事物罷了。說我們恨，另個意思，也不外我們更喜歡其他事物。

雖然恨就其情感狀態，會遇到時間敵人，因此也有人想到用人為的方式鞏固它。現在有說史實中的越王勾踐並沒有真的「臥薪嘗膽」，而是後來文學家添的想像——姑且不論此事多真多假，它反映的確實也是，「恨會不長，要使它長」。所以長時間的恨，經常不是感情，而是意志的結果。

莎士比亞的《泰特斯．安特洛尼克斯》，是我想到「恨」，就會想到的劇作。戰爭後，兩個家族仇來恨去——這事不稀奇。但是泰特斯的恨，很深地觸動我。因為那種恨使一個不奸巧的人變得奸巧——比賭上性命更驚人，是一個人賭上天生的氣質與個性去恨——換句話說，如果原來的我，沒有足夠的恨，也要成為新的我，來恨。

毀滅仇敵之前，要先毀滅自己——這比自盡，悲愴多了。據說此劇因為血腥，使若干莎士比亞論者，認為莎翁近乎沒品。可我始終覺得這劇血腥，不在砍人手腳舌頭吃人肉，血腥在：為了恨，人付出了所有的自我性格為代價。

# 恨勢利

恨勢利有個挺喜劇化的故事，是關於小津安二郎怎麼當上了電影導演。我第一次聽到這個傳聞，說的人想像了一些勵志意味，告訴我們是「小津受到食堂勢利眼的刺激，為了不排在導演之後吃飯，所以發憤成為導演」。

在《我是賣豆腐的，所以我只做豆腐》中，小津也從此事說起，但內容不太一樣。「先坐到位子的人可先用餐，於是我急忙找個位子坐下。」他等待一盤咖哩飯。「當我滿嘴口水，眼巴巴看著就要傳到我面前時，導演正好走進餐廳坐下。我直覺下一個就該發給我，可是盤子落在導演的桌上。我氣得大吼『按順序！』馬上有人反應：『助理的往後挪才對！』」——小津氣得要揍發話的人，當時小津是導演助理。但對小津來說，重點在後頭，因為差點打起架，這事傳到松竹片場的場長城戶四郎耳裡。按小津的說法，發生「咖哩飯暴動」的下個月，城戶四郎就要小津拍部片來看看。小津因此說自己當上導演是：「不是頭腦優秀，也不是才華受到賞識，我只是託了一盤咖哩飯的福。」

咖哩飯沒那麼神。但它是恨勢利的象徵。究竟城戶四郎是不是因為小津不服階層制的慣習，挺身主張「咖哩飯前，人人平等」而選中他拍電影？小津說的很少，大多是假設與推論——這很符合創作的特質——許多人生中的事物，前因後果不見得都能找出來，但在某種幻想上，暗藏的是信仰：「我因為恨勢利而得到好運，這個好運保祐了我。」很多童話故事也都有類似的邏輯，暗示恨勢利是一種德性，而這種德性是種人生的護身符。

在恨之中，恨勢利似乎很好懂也很普遍，但要細細推敲，很多時候，人們是「恨勢利傷我」，而不一定是恨勢利這事本身——也就是說，勢利可以，但不要對我勢利。所以恨勢利可分成徹底的與不徹底的。不徹底的恨勢利較為常見，徹底的則難一些。

這裡的原因是，有些勢利行為較廣為人知，有些則未必容易辨別。現代社會學語彙裡說的歧視與偏見，往往結合有源遠流長的勢利感情。

松本清張的《砂之器》從各個方面探討了日本社會的勢利問題，焦點放在文化界、男女婚配以及疾病史等等。即使在一些非常小的細節上，清張都很善於讓日常生活中的勢利現形。我最難忘的是有一段，名叫今西的警員去劇場調查案件，因為要舒緩氣氛，今西就從自己小時候看過一場築地小劇場的《最底層的人們》聊起，並問男演員，現在還是這樣演的嗎？

「年輕演員回答得很簡短。在他看來，對一個三十年前只看過一次《最底層的人們》的男子介紹當今話劇的現狀，無異是浪費口舌。」清張是一個對幽默極度節制的作家，即使要讓讀者苦笑的時刻也不多。但每回讀到這一段，我都會感到有一堆小鋼珠般的笑意，在全身滾來滾去。警察被看不起，不是因為什麼大不了的事，只是因為他看的戲太少。演員不耐煩，覺得警察孺子不可教，朽木不可雕。如果警察有志於戲劇，這裡發生的勢利，就會進展成悲劇，不過，所幸今西的藝術是查案。有時，勢利與我們的關係也是如此，有人認為我們太劣而排除我們，但該領域我們不在乎，所以就船過水無痕了。

這個小插曲近乎無傷大雅。我舉它作為例子，不是要譴責戲劇人輕視少看戲的群眾，而是為了說明，輕微的勢利很常見，它的出發點偶爾是自我中心與不自覺的功利：這兩種心理都牽涉到判定對方非我族類與保護我類的取向。

郭台銘被批評言論性別歧視時，我看到一則留言：「有錢有什麼用，那麼土。」——我讀到時，真是萬般滋味在心頭。若要做百分之百不勢利的人，絕對不能允許自己有「這人好土」的觀點。

歧視與不公被感覺成「土」，這究竟該不該慶幸？

如果可慶幸，那是因為主張公正和潮流時尚感綁一起了，也許會使人更自然與愉快地行動。然而，「但願不落伍」的情懷，若變成主持正義的基礎，這並非不危險。反對勢利，有時就是要勇於不合時宜，甚至「不當前衛當後衛」。就算反歧視被認為土的時候，也要反歧視，這才是正道——很多貫徹反歧視原則的人，從來都不畏他人說：「這個（性別或環保或勞動）議題不是有點過氣了嗎？」要這樣才行。

先前說過，歧視與勢利在某些精神上是互開方便之門，那麼，用一種勢利的姿態和語言訓斥歧視，可能最快有下馬威的效果。歧視逐漸在人們心中有低級沒品的形象，然而，不能容忍的如果不是歧視，而是它引發的俗氣感——那麼，某些「不帶有歧視，甚至應該尊重」的俗氣感，也會連帶陪葬。人們對勢利是很敏感的，以隱藏的勢利打擊明顯的勢利，長遠來說，並不根本，因為人們還是嗅到勢利味。

張愛玲有一篇很短的散文，寫她看到一個警察無故在打一個少年。雖然我很想說，現在我們很難想像警察可以當街打人了——但是香港與法國都有影片流出來，我看了看，警察還打人沒錯。當然不是什麼人都打，所以暴力之外，也是勢利。

回到散文，那篇就叫〈打人〉（也真直接）的文，前半就是寫「目擊勢利」，張愛玲說自己「恨不得眼睛裡飛出小刀子」惡狠狠地盯看警察，但警察只是更得意。「大約因為我的思想並沒有受訓練的關係，這時候我並不想起階級革命，一氣之下，只想去做官，或是做主席夫人，可以走上前給那警察兩個耳刮子。」有些人讀張愛玲，只照字面讀，照她的話就說她沒關懷——但我讀張愛玲，覺得她是極厲害的，這裡她準確地寫出「勢利的原始性」。

警察是不怕她也不鳥她的——在勢利的社會裡，恨勢利只能空恨。

三浦綾子轉述過一件事，有氣魄的小孩會出面對被欺侮的小孩說，我要借你看漫畫，以示保護之意——那畢竟是小孩之間。對無權勢的人來說，勢利的威脅總是迫在眼前，號召革命或參與革命，於理甚好，但緩不濟急。所以，越是沒制度與沒人權的社會，勢利越是重要——用來出氣，有時也靠它保命——台灣白色恐怖期間，有些人逃過劫難，靠的也是關係與說情——這種狀況，很難說動用關係的人是勢利小人，畢竟能救一人是一人——雖然行為的本質是服膺了勢利原則。勢利可以辦事，表示這個社會很絕望。所謂網開一面，終歸反映的不是當權者有慈悲，而是既殘忍，又勢利。

較佳的政策與法令，往往都是棄絕勢利的原始性而建立起來的，本身可以教育社會成員反勢利。勢利是一種較短淺與狹窄的視野與行事風格，人們恨勢利，因為勢利只願意看到部分的我們，不完整的我們。誰如果被恨勢利的眼睛看過一次，都是無上的幸福。這種幸福，值得記取。

我從我母親身上學到很多關於勢利的知識，當她要跟我談起一個人，在名字之後，她總會一併將該人的學歷與頭銜等身分地位的資料報告一遍。對她來說，名字太短。

有次我受不了了，半好氣半好笑地說：「請不用將每個人的爵位一一報給我聽。」

她聽不懂笑話——這也是勢利人的毛病與損失，他們不懂勢利的滑稽性。

# 恨偶像破滅

在恨當中，有我熟悉的，也有我不熟悉的。恨偶像破滅，我比較不熟悉，但很感興趣。

「妳可以想像他拍出那麼美的電影，實際上卻是這種人嗎？」我的一個法國朋友在網路上敲我。

「理論上，一切都是有可能的。」我回覆。他給我更多細節。

「神馬？你說的是跟某歌手前妻在一起的那個人嗎？」我打了些那人的八卦，表示我在狀況內，「我以為他是不錯的人呢。」我還是嚇了一跳。不過他並不是我的偶像，是我朋友的。內情如果暴露，這人也要上Me Too運動的榜單了。消息來源的關係非常近，受害者可說是他的親戚，我認為可信度很大。在偶像與真相兩者之間，我的朋友明顯選擇了真相，所以他很受傷。

偶像崇拜究竟是怎麼回事呢？現在我們看到希特勒的照片，連他的小鬍子都覺得生得怪裡怪氣的，德國人會為他癡狂，實在很難想通。「他們相信希特勒。」我的一個德國朋友在說到自己的父親在戰後，為得知戰爭期發生的事崩潰痛哭時，這樣描述她對父親的觀察。在與偶像的關係裡，除了激情般的愛，還有信任。拉開一點距離時，我們往往對人們把自己寶貴的信任，輕易地交付出去，感到驚訝。

或許我的小小免疫也來自親身經驗。國中時，我偶然讀到某作家關於佛學的闡述，對於其中不服從世俗的哲學大起共鳴，使我計畫出家。幾年後，我在工作場合，意外地和此作者有所接觸，我大大訝異，他比我認識大部分的人都紅塵太多了。倒不是說他貪愛聲色，而是對我來說，他非常官僚——不是官僚主義的那種官僚，但他四周的人以一種卑躬屈膝態度迎合他——他看上去也甘之如飴——並不能說他的行為牴觸他的言論，沒有嚴重到這地步，但兩者有一種風格上的不統一，令我印象深刻。

另一個原因是，我曾差點出家，但我確信，如果我知道作者與世俗權力如此親近，如果我知道那些「要人放下一切」的文字來自一個「抓住一切」的人——我必定會更謹慎，至少，對留著我的頭髮，會更高興。我並沒有將此人當作偶像與破滅偶像般刨根究底，畢竟，是抽象的理論而不是此人的個人魅力，令我想遁入空門——但我確實「學乖」，知道要對自己更嚴格審視，是我，而不是我受的影響，要負起責任。不記得是在什麼東西上讀過這類說法，建議人們如果一定要選擇偶像，最好選擇一個可以在生活中觀察與認識的人做偶像，意思是，與其相信你在電視裡看到的人德配天地，不如想想，是否該從自己日常環境中，找到佩服的對象。諸如此類的建議很好，但未必實際。

話要再說回「崇拜」這種感情，它不是一開始就與「欣賞」或「敬佩」有差異嗎？崇拜難道不是一開始就帶有放棄理智的傾向嗎？

當我在寫這篇文章時，NBA運動員Kobe墜機罹難與其曾被控強暴這兩事，正在網路上大打出手。我對籃球的知識，僅止於知道NBA與籃球有關，所以一開始不在狀況內。後來法國刊出討論其遺產為何的長文，我看了一下。這雖然是一個在刑事訴訟上，因為諸多因素沒有成案的強暴控訴案，輿論大致是認為確有強暴事件，只是在應該如何詮釋偶像與強暴案的關係上意見強烈相左，為了也尊重運動愛好者的感受，我也不將體育成就勾銷，將問題暫稱為「偉大運動員與被控強暴」。

首先有點廢話地提醒一下，存在誣告罪，提出強暴控訴，若是完全沒有可信度，控訴者也會被判以誣告，此案具相當可信度，並非完全主觀，也有客觀因素旁證。

此處我想聚焦的是強暴與偶像破滅的緊張關係，所以我選了一個可以代表這個切點的陳述來討論。「我可以大聲說Kobe是個強暴犯，但他還是我最喜愛的籃球員。」——這是我從別人臉書上看到的一句發言。

我立即想到的即是：「那是因為你可以大量看到他作為籃球員的一面，你卻不可能看到強暴轉播。」

在此我無意嘲諷任何人對偶像的感情，因為崇拜偶像，而曾使自己更有朝氣，或是性格變得更好——這種體驗，我們可以理解，但我想點出來的是：偶像與群眾的關係，存在高度不對等，我們以為的「認識偶像」，可能一開始，就脫離現實。那是「選擇性認識」——而「選擇性認識」的另一個說法，其實就是，「選擇性不認識」。

在我引述的那句留言中，我認為存在著力圖不讓偶像完全破滅的努力，但是只要細讀，這句話難道不也意謂著：「即使Kobe強暴某人，我對他的喜愛一如以往。」表面是接受了強暴的真實性，但又淡化了它的嚴重性：然而，強暴並不是吃葡萄不吐葡萄皮不痛不癢的事。我主張人有人權，但我還是喜愛侵犯人權的人？我熱愛動物，但虐狗虐貓的人深得我心？

有些人會要發言者將自己的母親，妻子或女兒代入進去，「即使某人強暴了我母我妻我女，我對他的喜愛不變」——這是一種萬不得已的權宜之計。我更建議讓發話者將句子改成，「即使某人強暴我，但他還是我最喜愛的運動員」。——你不用時時都這樣想，但至少想一下。試著了解為什麼有些人會覺得這類陳述，很難接受。就像愛情，「愛不對人」的感情消退是需要時間的。粉絲描述自己感情狀態是一回事，評論事件是另一回事：就像戀愛的人，粉絲最感興趣的往往是自己的愛，不是對公共事務採取立場。最糟的，當然是認為私人狂熱有權排擠公共議論。

移情的不平等。

在「偶像對上強暴控訴者」的情境中，對偶像有大規模的移情，本來未必是問題，但是因為大移情，就導致對不知名另一人，漠不關心或仇視，這就值得想想，是否偏頗。我也有心中呼喊「某某的技巧是唯一神聖」的時候，這與某些人認為「我只在乎××表現」的情緒很接近——如果世界如此簡單，我們都會容易過得多。然而，那畢竟是一個極度簡化的世界。也許在自己的房間裡這樣偏激無所謂，但社會並不是某一個人的房間。

拒絕偶像破滅，總是拒絕某種複雜，想要耽溺在單純的戀慕中（我就不說退化成孩童了）。

在偶像崇拜的過程中，人們對自己編故事。故事的基礎固然來自一部分的真實，但有一部分卻是摻雜了自己的需求在編織，當牴觸故事的事例發生時，只有忽略或否認這些破滅元素，才能編下去。一旦偶像是偶像，這種故事就預先限制了想像力。恨偶像破滅，也是恨自己失去長期打造出來的想像王國。

我常常想起契可夫的《凡尼亞舅舅》。凡尼亞舅舅把一生奉獻給他以為了不起的親戚，後來才發現並不值得。然而，他已經失去生命中最寶貴的時光。到最後，他恨的不只是偶像幻滅，也是太晚發現真理的自己：誰都不該視誰為偶像。凡尼亞舅舅的悲傷，是凡人的悲傷，但我覺得這種澈悟，比諸任何歷史上的豐功偉業，都有價值，它拓展了我們對人的認識。

現代的偶像崇拜，看似沒讓我們犧牲，還帶來滿足，也不一定讓我們將工作所得與情感重心都交付給崇拜的人，但也許人們犧牲的東西並不少——因為放棄成為注意力更寬闊的人，放棄成長。

「做一個有道德勇氣的人，往往意謂著願意減低在其他領域中的舒適快活，甚至包括藝術與精神生活上的舒適快活。」在和我失去偶像的朋友交換許多意見後，我打了上述這段話。

讓我們承認吧，偶像崇拜也是一種舒適。

恨偶像破滅，之所以如此頑強，在於舒適，而不是偶像，對人有莫大的吸引力。

如果你愛戴某個運動員，是因為他或她刻苦練習，比賽時全力以赴，那麼，不妨想想，這種對勤懇與下工夫的喜愛，與執著於偶像崇拜的貪戀舒適，難道，並不存在矛盾嗎？

# 恨情敵

情敵這種人類啊，根本連存在，都不該存在。（笑）

如果情人給妳（你）一個情敵，從這時起，愛情就已經不存在了。一種為妳招致敵人的愛，算是愛嗎？我認為，聰明的人，從來不會同時選擇保存愛情與情敵，就像一個人不該一口吃蛋糕一口吃毒藥。情敵進來，情人就該出去，情人既然已經出去，從此就無所謂情敵。

不應該是妳（你）和情敵勢不兩立，而是妳（你）的情人和情敵，不能同時存在天地之間。有情人就不該有情敵，有情敵，這名情人就該讓他（她）

像安徒生童話小美人魚的結尾一樣，化成海上的泡沫。怎麼樣？這樣很容易就解決問題吧？

所謂苦海無邊，回頭是岸——但回頭這事，就不簡單。

古代的女人沒有地位，除了男尊女卑，皇帝之下，將男人分貴賤等級，女人妻大妾小，都是正式制度。中國古典文學裡，許多都以妻妾成群為風雅，假定古代的婚姻裡，沒有現在夫妻預設的戀愛或感情，在夫與妻與妾三者之間，仍存在對交配權與地位的競爭。

小時候讀歷史，晉武帝司馬炎後宮近萬人，他只好聽一隻羊的話，羊走到哪裡，他就跟誰睡，據說後宮宮人因此想出能夠騙羊停步的詭計，只求皇帝一夜臨幸。但那時不懂，只覺得眾多女人爭一個男人，卑屈至此，可怖可厭，並不懂那是父權結構性地貶抑女人，以至於女人要取悅一頭羊。

對於古代納妾的作法，下面的詮釋是有道理的：因為婚姻有（不平等）禮法與利益考量，一定程度排除了當事人的意願，納妾成為男方的自我補償，然而這種自由與補償，因為獨厚男方，對妻與妾又形成了生存空間的壓縮。妻虐妾，或妾傷妻——古代強力標榜「女人要不妒」，近似道德整肅，未嘗不是漠視一種扭曲了的抗爭。現代文學裡也還有放大「婚外愛情」優越性的傾向，多少是一種「文化時差」——意即制度的設計已支援情感平等，但人們還是一方面繼續在「結利益婚」，然後還是以前朝的補償意識型態為美。

如果比較少將古代男人描繪為妒夫，可能是，最妒的他們，會直接搶奪，把「意中人」的丈夫打死殺死，若未被掩蓋，會被說成荒淫，而非嫉妒——他們可能沒有很長的時間恨情敵，但還是恨的——殺戮是結果。

我很懷疑這還是因為古（男）人慾望限於美貌與肉體，若論愛情，殺掉情敵，真的能取而代之嗎？確實，哈姆雷特的叔父毒死兄長就與其皇后成婚，但這是因為他早已得到皇后的歡心吧？如果哈姆雷特的父親真的是叔父的情敵，他死後，搞不好還會成為更強的情敵呀。

就像忠君是伴隨帝制的思想，「一夫一妻多妾制」不將嫉妒入罪就難統治——現代不一樣了。有首很可愛的法國歌就叫〈我在嫉妒〉，「我不覺得有什麼不方便／我當然不會大驚小怪」，「我覺得她的名字有點可笑，有點像毛衣牌子，她想見見我，我們會吃個飯，當然啦她會愛死我，而且她好堅持」——男友跟前任聯絡，前任也透過男友示好——大概誰都有過這種煩惱。

副歌就承認這種要顯得「一切都好，實則焦慮」的情緒是，「我在嫉妒」。可以碰觸嫉妒像一種情緒，而非必須打擊的罪惡與人品低劣，這是因為，現在的情愛關係，平等多了。

不過，有時人們「恨情敵」，未必是因為「嫉妒」，而是現實中的紛擾——我曾有過某個前任，她就「頗有古風」，我不是要和她的A前任吃飯，就是要和她的B前任見面，最誇張的一次，她提議她的C前任把工作室設在我們當時的住處——幾年後，我想通了所有把戲。恨極。但也不是針對所有的前任，我恨的是，那是一種「訓練」，為的是讓妳犧牲自己的喜好與個性——那也是要求犧牲。

我後來有過另一段戀情，對方也有前任與愛慕者，但我完全不會有情敵過境的壓力——當你的情人沒有要壓迫妳「競爭求進步」，他就是有再多前任，見再多人，妳都感覺毫髮無傷——嫉妒其實是被情人，而不是情敵刺激出來的。

——我只能說，要注意妳（你）是在一段感情裡，而不是馬戲班——因為妳不是動物。妳並不需要一個馴獸師。

有部不真的很好看的影集，叫做《體操少女》吧？女孩A巧奪了女孩B原來的男友，A對B道：妳的表現優異，都是因為有男友的支持，現在我有了妳的男友，我就有可能超越妳。好赤裸、好血腥的說法啊。這種類型的三角關係，也與不少閨密轉情敵的故事有所呼應。

有次一個陌生女孩對我吐露心事，她也是位於故事中B女孩的位置，但是她故事中的A沒有那麼耀武揚威，她對B坦承，她對B的男友下手，是因為她太崇拜B了，所以她想擁有帶有B的印記之物，而那不是B的幸運符或小手帕，而是B的男友。

嗯，情人在別人眼裡，有時也會變成簽名照或旅遊紀念品啊。某人是妳的朋友，你們的關係就像旅人與旅途，她帶不走妳，所以帶走了妳的情人。凝視此事，是痛苦的。——因為我也有經驗。在這種狀況裡，妳就像被傳說會招財招福氣的吉祥物，情人或好友，都覺得從妳身上刮一點東西下來，會帶來好運，所以她們就動手了。

在這種狀況下，很恨情敵嗎？我想過。然而，與其說是恨作為行動者的情敵，不如說，對這種行動隱含的命運（殘酷或未知）感到驚懼——桑多・馬芮在小說中寫過的一句話庇護了我，「而您，以何種資格來奢望要幸福？」——這句話乍聽很滑稽，不都是這樣嗎？人不是都覺得自己應該得到幸福，更多的幸福嗎？

然而，這種單純的自以為是，並沒什麼堅實的東西作為支撐。而且，從不同的角度來看，遭遇損失或傷害，真的就能叫做「不幸」嗎？有本我誤打誤撞看到的書，叫做《小屋》，裡面有句更絕對的話說：「善可能是得癌症或失去收入——甚至生命。」按這個邏輯，情敵來到，可以放鞭炮慶祝。

「記得年輕時，我的男朋友為了一個加那利女孩拋棄我，結果我不僅討厭她，而且決定討厭所有的加那利人。真是荒唐，真是偏執。如果電視上有特內里菲隊或者帕爾瑪隊參加的足球比賽，無論對手是誰我都希望他們輸，儘管我不關心足球，也沒看球賽（…）我甚至發誓不再讀加爾多士；無論他變得多麼像馬德里人，他都是在加那利出生……。」——這是小說《如此盲目的愛》。

啊，加爾多士，原來作家躺著也中槍是這種情節。希望我不曾因為這種原因，失去某個讀者……。（笑）

明明覺得不恨情敵，不過，如果必須前往的目的地出現她住過的街，就會想繞道而行。不是不願在該死的巧合中重逢，而是那就像一套奇怪的禁忌，覺得一碰會霉。如果有人姓名中與她名字同字，就會有今天冰淇淋不是我喜歡口味的衰感。與她討論過的作家——這我倒是完全忘了遷怒——果然，真愛，還是可以克服一切。（笑）

如果將情敵對人的衝擊一一分解，它破壞的不外是我們原有的「我會受保護」、「我是唯一」與「我不會受傷害」等信念，換言之，我們的自戀受到損壞。一定程度的自戀對生存是必要的，如果沒有上述信念，人可能根本活不下去。當我仍在受傷期時，每逢報告拿到高分，我都不只會覺得很可貴，還會加上一句，妳看，有些東西別人是奪不走的。可見當時受傷是深的。

我有個朋友做了婚外情的對象，但她說，可我都有要他對她妻子好。我的反應是，人家（妻子）不見得有要妳這種禮物。妳覺得自己很大方，可妳畢竟偷窺了他人的隱私——那說穿了就是權力——情敵的問題，不見得在爭奪，也許真相一攤在陽光下，作妻子的就撤走了，那麼作為有愛心的情敵的自豪，不過就是自嗨。有些情敵讓人想起會不爽，是總有那麼個階段，此人憑借妳／你情人的授權，得以偷窺一部分的妳／你。被偷窺，對有些人來說，就是大忌。

有次在朋友聚會上，知道有人特別去加意中人女友的臉書，然後對大家說，她自己在哪方面完勝意中人女友——竟有人懷抱這種目的去加人家臉書。

我聽了此後對一群人都刻意疏遠，會跟陰險的人交朋友的人，大概高明不到哪裡去。在各種情敵行為裡，若是在光天化日之下公開決鬥，我還有點敬意，背後作賤人，就覺等而下之。

單純的情敵未必可恨，往往是某種行為或作風，特別扯到神經——如果是朋友，割蓆就是。但情敵又非朋友，這就是「似關係非關係」的棘手之處。有種表現親熱的情敵更令人難堪，原本每個人的交際是有自主權的，這下卻被風度之說綁架，不得不敷衍。就算從此跟情人與情敵都老死不相往來，有時在人生中，還是留下某些「雷區」，限縮了自由快樂。像上述將暴力內化成對事物的敵意與放棄，終究是恨情敵的遺跡。要克服才好。日服少量砒霜，不會馬上斃命，但毫無必要。

究竟是在確立自我上有困難的人，會特別糾結於恨情敵的情結之中？還是恨情敵連結了原始的「我是誰」痛苦？這是一個雞生蛋，蛋生雞的問題。歌德、夏目漱石或杜斯妥也夫斯基都沒有停止過處理類似主題。

# 恨匱色

在諸恨之中，有些是我稱為「小恨怡情」的恨。這種恨，非關大義，不屬品德，純粹又純粹是個人事務，恨得再厲害，也不傷人傷己——別人都覺得雞毛蒜皮，只有自己特堅持。意志不能貫徹時不會致命，但「得償所恨」就會欣喜異常。

前陣子，我在看山本耀司的《製衣》，他不高調，裡面他回答別人對他的一百問，多數答案都很平順，有些甚至就簡答「是的」。但是五十四問的時候，問題是「你有自己專用的剪刀嗎？」我看到答案就笑到書都摔地上了。山本耀司的回答是：「有的。而且不讓別人碰。」——這樣把一個問題獨立出來看，感覺沒那麼強烈，但如果是像我一路讀，讀到那一題時，就像看到測謊器線線平緩，這裡波形突然爆棚——問題非關測謊，只是問到點上了，沒辦法古井無波地答。

儘管山本耀司沒用到「恨」字，但給人的印象不妨說就是「耀司恨別人碰他的剪刀」。這背後可能有迷信，有偏執，也可能毫無理由，就是「可是我偏偏不喜歡」。我看了深有共鳴，因為我也有很深的剪刀情結——不過，這裡要談的不是剪刀，而是另個我很在乎的東西，我稱它為「恨匱色」。

這三個字我想了很久，是從「乏味」借來的。我是經歷過一些事，才明白自己有這個毛病。最關鍵，是去了法國。不要看這裡出了印象派與野獸派，我一開始對整個環境極度不適應，不是天冷，不是食物，而是「除了樹上的葉子是例外，這裡的顏色少掉一大半」——具體的原因不確定，可是相比之下，台灣是個環境色很多樣的地方，在的時候不特別感覺，一旦離開，有了比較，落差就很明顯。我整個人痛苦得快要死掉，當然也死不了。問題並不是環境中沒顏色，或沒有這個或那個顏色，而是環境裡的顏色總數對我來說，不夠多。顏色太少。

真的難過到要病倒，只好去龐畢度中心，久久站在康丁斯基的畫前面。完全是種落難感覺。

後來有年冬天我去北方的里爾市實習。想著既然來一趟就多看看，實習沒開始就先去里爾的美術館。好巧不巧，明明是技術的課，老師第一天帶我們去的卻是美術館——這點是非常法國的，就是不信技術可以脫離了美學單獨教育。我因為前一天才整個看過，還做了筆記，所有的作品是第二次看，自然特別投入。結果我聽到一個讓我大喜過望的知識。老師說，在大腦裡，掌管顏色與光影各有部位，從作品中，我們可以看出藝術家是色彩或光影先行。

腦科學裡管視覺的分成六區，色感在書上通常寫成V2，連長一點與特別的名稱都沒有，我氣得要命。既然它是我大部分快樂的泉源，我就想像它該有如布洛卡區啦大有來頭的名稱才好。顯然我是非常不均衡地只有V2活躍，凡是在色彩上表現複雜的，我的筆記就非常詳盡，有時還加上表示「我愛」的星號——至於被歸為光影派的，筆記就冷淡，彷彿社交場合點完頭後就解散。

我的鋼琴老師最早發現，我會把色彩視為禮物分配。那時我會替我的琴譜封面繪圖與著色，老師看了就說，妳喜歡這琴譜甚於那，妳給了它許多顏色，另一本分到的顏色少多了。我受的教育是對不同作曲家都要同樣認真，然而，私下我偏心的狀況很嚴重，繪圖時我就還是「寵溺」幾個琴譜。祕密示愛，老師一下就看穿，讓我很不好意思。

有次有個朋友把米色當成白色，我再三追問「你怎麼可以讓這種事發生？」——我傷心欲絕。因為在我的感覺裡，米色與白色的差別，與黑色與白色的差別，同樣都是「差很大」。我弟弟有次提到我的某個物件，稱「妳的土耳其藍某某物」，我高興地，只差沒給他脖子上掛個夏威夷花環。

不消說，給我一本《日本傳統色名帖》或《色彩的履歷書》，我就會乖得像隻兔子。

克萊兒，《色彩的履歷書》的作者曾舉例說明，字典中有些顏色定義可說神級深奧，比如說到「青金石藍」是「一種溫和的藍色」——這樣說還行吧？接下來就有難度了，「比一般哥本哈根藍再紅一點」——我想不用再繼續後面部分了，很多人看到哥本哈根藍就會卡住。不過，這本書的目標並不在精準描繪顏色，而是透過講述關於顏色製造與接受的故事，讓我們對文化的褊狹性有所警惕與了解，就比如說「裸色」或「肉色」這個詞，我們是否都以白種人的膚色為中心去使用？

《日本傳統色名帖》有一則我特別喜歡，寫的是「玉蟲色」。玉蟲是金龜子。但說玉蟲色就是金龜子綠，又不完足。這裡作者用了一則例句，「玉蟲色的契約書令人困擾」。這裡並不是「不要用綠墨水印契約書」的意思。而是「可以有莫衷一是解讀方法的契約書令人困擾」。原來在使用「玉蟲色」這個詞時，傳達的不只有甲蟲的綠，還因為金龜子綠是「會隨著不同光線折射，變綠變紫」

的顏色！所以，有陣子很流行說的palimpseste——在羊皮上刮擦複寫——若讓日本人來發明，也許就會變成「玉蟲體書寫」也不一定。又有顏色主體又變化多端——光靠色票的四組數字，大概辦不到。

康丁斯基，或是發明了「國際克萊因藍」的克萊因，當然都是我喜歡的人物。據說藝術家抱怨合成群青（又稱法國群青）的效果，他們不喜歡顏料中所有分子都一樣大小，在表揚好顏料時，說好的顏料有「深度，變化與視覺趣味」——不要認為他們瘋了。難道你就不曾覺得某個顏色「太平、太呆、太無趣」嗎？雖然一開始我說，匱色是顏色總量太少，但仔細想想，沒那麼單純。如何形容匱色的反面？並不是每日天女散花一疊色票從頭砸下，就能消飢解愁。讚歎或懷念一個色感經驗時，想到的是更整體的東西。色豐是質而非只是量的問題。我的色感三要是：幽微、性格、言之有物。

橄欖綠比綠幽微，這很清楚。性格與罕見性的發明有關，「金比（鄰）黑」較「白比黑」罕見，「芥末黃比黑」又較「金比黑」罕見。有回我在超商看到一個女生上著迷幻黃下著苦艾綠——手裡的雪糕是清冰藍——當場真想「剪下帶走」——一般社交場合不容易這麼穿，太顯眼——出來吃冰無妨，但如果是巧克力雪糕就又毫無意義了。

康丁斯基曾說：黃色令人發瘋。我覺得那是黃色沒降落在一定形體上之時，黃色面積太大太擴散，對神經造成的刺激確實很強。加了灰或紅的蛋黃或說玉子黃就好多了。但也有許多例外，檸檬黃在黃檸檬上就美不可言——或是軟枝黃蟬的黃。另外可以小玉西瓜為例，黃太炫眼？幾顆黑色西瓜子就能鎮住。今年夏天電扇業推出「皮卡丘黃」，我到店裡問，店員沒有不懂「皮卡丘黃」的。梶井基次郎「在丸善放的檸檬」，應該是黃檸檬，顏色在梶井筆下很重要，台版封面出現的卻是綠檸檬，也許有什麼其他的想法。檸檬黃是完美的喜劇演員。

色感也隨年齡閱歷改變。我對顏色的第一個主張，是我為了不穿一套泥褐底穹蒼藍花樣的童裝，跟我母親久久對峙。那種配色今天的我會愛死（但不見得穿），然而三、四歲時，泥褐色使我疑懼，因為我沒看到顏色，我看到的是「泥巴」。要我將泥巴穿在身上的母親，到底是何居心。我怎麼質問我母親，我記不清了，但我的論點應該會包括「那看起來髒髒的」。那時我當然想不到，長大後，我會用「髒穢美」來說我最喜歡的畫家皮耶．波那爾，並且時時感佩他「豔過頭」與「褪色灰」雜處的潰爛色，菌感色，屍斑色，渾水煙霧色，認為他是在顏色深沉度上，最難取代的一人。

我阿嬤幫我做過不少衣服，用色都很大膽。豔橘色的露背裝長裙，用的是有厚度但涼爽的布料，雖是夏天少包覆的衣服，還是像有分量的護甲。毛衣有不會澀的暗棗紅，穿著人都暖成甜湯了。渾綠的洋裝——現在回想簡直不像話，恐怕人都會被與郵筒搞混——但那時我喜歡，因為有一集的卡通《小甜甜》裡，小甜甜就有一套。

研究顏色史的人大概都會說，顏色的擴大使用與對個性的尊重有關。能夠逐顏色而居，是現代追求平等與自由的社會才有的幸福。說到這，我想說一個

「連我都覺得誇張」的故事。

那是我在法國參加某一大考，考試不能帶任何紙張，但監考老師會準備草稿紙，舉手，監考老師就會走到旁邊遞草稿紙給我們。我舉手要紙時，老師問我：妳要什麼顏色？我一愣，回答：任何色都可以。他準備了四種顏色的A4紙。

媽呀，這是分秒必爭的考試耶，又不是時裝季，我還挑顏色吶。

我抱怨過這個國度匱色，但這段回憶，我是喜歡極了的：這個老師想必也恨匱色，即使在考試，即使只是草稿紙，他都預想預設了，學生可以選擇更多顏色的空間。我的求分之心暫時壓過我向來的嗑顏色偏執——但有什麼，能比此事令一個恨匱色的人，更感幸福呢？對我來說，這個奇妙遭遇，就像讓我遇到我的神般，想起來，歡悅無止無境。

# 恨病痛（上）

寫這一篇時，疫情正盛，對於病痛的想法，又多許多——不過，我想還是先循著我最早就有的思路來談談。大體來說，我不太恨病痛，但也有例外——我有一段與絕症擦身而過的經驗，在病痛時期，儘管想了很多，想的多半還是豁達的那一面，但它留給我一個後遺症，就是此後一有人在我旁邊咳嗽，我就像發了瘋般緊張——從前不會這樣地。而且，理智上我並不恨——可我內心的情感表現卻是恨的。這讓我覺得很奇怪，也很好奇，人是怎麼患上害怕病的「病」。

自有記憶以來，我就是個病號，如果我恨病痛，那麼自己首先，就無容身之地吧。前陣子，我小姪子報告他得了流感的事，我問他：是老師還是你自己發現你發燒了？他說是他自己：老師還說，沒什麼，你休息一下就好。我大驚，問怎沒立刻去保健室。原來是在安親班。還好他自己知道打電話給家長。他十一歲，我看他覺得稚幼得不得了——但想想我更小的時候，因為太常發燒，自己還找到一種「知道我發燒沒」的祕訣，那就是「握緊拳頭」。如果握起來，感覺沒力，就是該跟大人說，我好像發燒了。這事沒人教我——後來看中醫的書，才知道其中真有些道理。我很小就對「久病成良醫」這句話很有感覺，還沒上國中，我就因此自命是「良醫」。

因為病得早，所以對病沒有價值判斷。到現在我都不討厭醫院，覺得那是很類似故鄉一樣的地方。小時候，有次我把洋娃娃打扮成病人，讓她坐在床上讀書，娃娃的手指可以剛好扣緊一本小本的圖畫書，頭上敷了代表退燒用的冰枕或毛巾。我媽一進房間，嚇得尖叫，她以為是個陌生小孩坐在我床上——想起來，她的近視未免也太嚴重了。一個娃娃能拿她來玩什麼呢？我最熟悉的活動就是生病，就連遊戲想到的，也是病。

發燒不過就是孤獨地待在床上。有次我耐不住，就把花片都搬到床上玩——自己知道是犯禁。蓋了太壯觀的城堡之類，我媽來看我，我來不及滅跡，心想大禍臨頭了——沒想到，我媽只是瞄了一下，總結道：知道玩，病快好了。

病本身讓我吃的苦頭不多——嬰兒期有次病癒仍禁食，據說看到醫院有人吃稀飯，我會動手欲搶——一歲左右的事，我自己沒記憶，大人說的，聽起來是受了苦，可不記得，也就不以為意——真正苦不堪言是在另外兩方面，一是所謂要改變體質，二是和我母親關係緊張。

為了改變體質，打很大管的針，或是拿了一個裝水臉盆，要我把鼻子潛進去——後面忘記了，總之，簡直像馬戲團。反正我媽聽說什麼偏方，就要我照做。喝各種噁心的汁液——她又是有為的職業婦女，認為我在餐桌上拖拖拉拉，有損效率與紀律。有天，她心血來潮，覺得既然我醒著容易蘑菇，那就最好趁我不夠清醒時——真是天才！我在床上才坐起來，一匙中藥就送進我口中——醒時還知道忍耐，半夢半醒間，直接反應，就是很捧場地，全吐了。

一個早晨我媽都在發飆，藥很貴——我也覺得自己錯，那年紀，還不懂據理力爭，哪有吃藥可以不分青紅皂白用灌的？她太氣，拉扯我到她上班的小學辦公室時，氣還沒消，對著一個老老師告狀——那個老老師我永遠記得——倒不是因為我被帶去給她先生針灸過。我本來想，這下可好了，一個人罵我不夠，要變兩個人罵了。果然，老老師語氣很重地說了些話——但竟然罵的是我媽！她說的話我畢生難忘：小孩在生病了，艱苦的是小孩，是生病的人，最難受的人是我才對。為什麼我媽不會想我的感覺？我媽都被罵呆了。

耶！我生病我艱苦！——我本人怎麼從來沒想過？

表面上，我跟我媽的關係沒改變，但在內心深處，有些像是病人自尊或兒童人權意識，緩緩抬頭了——原來媽媽不總是都是對的。而且，這世上存在一種東西，叫做「我的感覺」。

也是在差不多的年紀，我在雜誌上，看到一篇文章，是對病童做的調查與研究，大意是，生病對兒童不盡然是負面的，因為與醫生護理人員接觸，使年紀還小的小孩，就有比較多參與成人世界的經驗。不見得會早熟，但多少會提早社會化：在我當時的印象，那說的就是，生病的小孩，會更「社會」一點。我一直覺得這頗有道理。表面上，上醫院不過是診斷服藥，但無形中，人與人必須合作，互相幫助這個感覺，也在看病過程中埋下。二十多歲時，接觸到與社會改革或革命的理論，我常常想到的問題就是，我贊成革命，但前提是病人不能被排除或在過程中被犧牲——過於陽剛的革命，可能會對病弱者不友善，這是我不喜歡的——關於切格瓦拉，我也是對他哮喘病的興趣，大於對他的摩托車……。

既然我對病的態度是和善的，從何處開始，我觀察到恨病痛這回事呢？靈感不遠，就是我媽。「沒請過一次病假。」她這樣告訴我，她的職業紀錄。想想這確實不容易——其實我印象中她住過院，但那大概是暑假，有「生病即墮落」偏執的人，就連生病都會挑時辰。我應該也受到影響，她曾經誇獎我：「從來不會在重要的時刻生病。考試前從來不會病倒，總是會考完試以後才生病。」——若我是大人，可不會這樣獎勵小孩，該病的時候就病，生病排日子，也太不自然了。那麼，我母親特別健康嗎？小一的時候，同學的鉛筆不小心刺進我的掌心，小截的筆芯嵌進血管裡，都說鉛有毒，我阿嬤用針挑了半天挑不出，只好還是去醫院。打了麻醉，即使有血，我也沒有感覺——但我媽咚地一下暈倒了。我離開醫院時，她還被醫生留在醫院。那時也不覺得她有毛病，只是狐疑，那麼膽小？我最早的「厭女」，就是自豪不是「怕痛」的那種女孩。因為愛玩，小傷我不以為意，傷得厲害，自己會搽雙氧水加優碘。

有回發現一個腳踏車衝下來特別猛的斜坡，我帶了兒時玩伴去玩，結果她自己摔了，為了膝蓋的擦傷又怕又哭，我膝蓋上的疤痕與痂，是她三、四倍多——對我來說，「玩」的快感，遠比疼痛重要多了。我擔心她哭不停，若是讓大人介入了，恐怕要禁止這樣那樣「玩」。那時，有個「為了玩樂絕不怕痛」

的自我形象，浮現出來。

即使如此，我還是曾有很尖銳的「病的恥辱感」。托兒所的年紀，我自己沒有生病的感覺，但我母親交給老師一袋白吐司，道，她拉肚子，別讓她吃點心，給她吃白吐司。話被其他小朋友聽到了，覺得爆笑。他們做出拉門的動作，笑個不停：「哈哈，她拉肚子。她拉肚子。」——嚴格來說，小孩把拉肚子完全誤會成另一種東西了。可是我有恥辱與孤單感——很接近「病」的原始情境。妳得到標籤與一組詞彙，一開始連妳自己也不懂，所以別人的態度就會左右妳。原本拉肚子，感覺不好也不壞，但病讓我處於被區隔與易受攻擊的位置了——雖然那攻擊，比起世上許多病人受到的攻擊，實在輕渺。

這就是病的雙重性——有些病痛我們自己會賦予某些色彩，但別人不同意；有些病痛則是別人給出評價，但我們自己不覺得——詮釋的拉鋸戰。腸胃病，如張愛玲所說，「不太風雅的病」，可是戀愛吵架時，對方一喊「胃痛」，引發的效果就又完全不同——彷彿兩人可以多麼前嫌不計，因為「愛都深到胃裡去了」——這裡，大家一定會想到的，就是蘇珊．宋塔的《疾病的隱喻》了。

我真的生過氣，是當憂鬱症與自閉症成話題時，有些人會拚命表示自己有這類毛病——只是希望就算不被當成天才，也享有寵溺。門都沒有。

我對用病來修飾形象，非常不以為然。腦科學已將自閉症說明得非常清楚，患者需要特定的協助與體貼，那是絕對責無旁貸的——至於渴望關愛的，最好老實面對自己的慾望：操縱別人的慾望。

「我覺得我會活不長。」有次有人這樣對我說。我馬上答道：「就算這樣，我對妳的愛也不會更多。」這話還有下句：但也不會更少。——為何我要講出那麼冷酷的話？因為我認為不能助長對方精神官能症的活躍——如果一個人只要宣稱短命，我就忙不迭地關心或是大表愛意，那她豈不要想「一天比一天活得短」了？

致命的病是有的，然而平心而論，病與死亡的關係，更常是想像力的作用。嬌弱有性別與階級的意涵，有時簡直是愛瑪仕包之類的配件。阿嘉莎．克莉斯蒂的自傳裡，就曾不慍不火地記下她的姑婆們之類，爭奪誰最柔弱的冠冕，越病，則越女性化。我有朋友略屬豪門之屬，如果開始說起自己的健康，我往往偷看手錶計時——誇富宴未免太惹人厭，但是抱怨醫療與不適，就是種比較低調的炫耀。大部分的人固然也有健康煩惱，不見得愛談論——有絕症在身的人，反而經常安靜又替人著想地「不像病人」，這實在頗奇怪。雖然以氣質來說，病屬陰柔，但病有時也有其陽具性的威嚇特質——關於陽具（不等於陰莖）嘛，我被要求做過定義，很白話地說就是「我有你沒有，我大你小，我持久你轉瞬即逝」——病本身不必然導致陽具言說，要看它是否嵌入這樣的語意邏輯。有時對方的病痛真討人厭，討人厭的往往不是病本身，而是被人用來誇飾兩性氣質。

以為薄命的人更值憐愛，這沒什麼邏輯。看輕病人沒有道理，認為因為生病，就該得到額外的尊敬或情愛——這也是說不出的怪異。

成年以後，自己照顧自己，健康反而大大好了——老實說，下了不少工夫去研究原理。那時，我有一整張「徵狀、營養素與食物」的對照表——隨時按圖索驥。我一定確實有段時間健康很糟且求助無門，尤其是有親友去世的時間裡——有天我翻醫書，裡面竟建議我的症是要吃「羊心煮玫瑰」。我啪地一下把書闔上：羊心煮玫瑰？我寧可生病算了。我又不是白雪公主的後母……。

大體來說，不太喜歡中醫，但有些說法，感覺是有道理。比如說，「肺主悲，脾主思」——我讀到時才恍然大悟，不能再一直悲傷下去了。而只要有脾弱之兆，做點白癡事，通常就可不藥而癒。

保健書讀了無數，真的對我有用的只有兩、三本——或說十句話。後來我連維他命也不吃，因為有本書說，它有時會破壞食物帶來的平衡。那書真不錯，它指出，沒有一種健康之道適用所有人，有文化認為番茄毒，有文化說營養，每個人必須運用自己的觀察與記憶，找出屬於自己的準則。我的原則就是不糖不鹽，有感冒前兆喝點優酪乳——讓我媽想揚鞭改造的我的壞體質，原來那麼容易就上軌道——還沒用到羊心呢。但這一切卻不是兒時的我能自主的。長大真好——有次我逛屈臣氏，發現除了一點普拿疼，沒一種藥是需要常備的。我大抵沒有太多健康問題。究竟「病連連」是一個我在母親主宰下的神話，還是我後來神農嚐百草般的努力奏效？也許兩種真實都存在。

但對我最有幫助的一件事，是我在無意之間，得知我母親有個年幼病逝的手足。因為年紀很小就過世，所以一度我甚至不知他存在過。「他小的時候都是我在帶。」有次我媽鬆口說出來——然而，她那時也只是個小孩子。所以，我印象中，每逢我生病，就殺氣騰騰的母親，也許並不完全只是「怒神上身」——那些情緒，恐怕也混合了對生死無常的極度困惑與憂怖。

病弱而長壽，健壯卻早夭，各種可能都存在。過度關心有時是為了抑制敵意，這說法我一直覺得頗有道理——緊迫盯人的照顧，背後是種敵意。我雖然從來無意威脅或審判我母親，但是若我病死了，對她卻會如同評價與狀紙。父母對孩子的敵意，部分根源在此。從好的一面來說，我母親也許是在努力不貳過——雖然她的小弟弟之死，在我的了解裡，也非「她之過」。

死亡帶走代表生命的身體——有回聽廣播裡說腦科學，說腦光要適應這種「虛空」，就很耗功率。致命的病如果像呼天搶地型的鬧鐘，吵醒我們的死亡意識，那麼，非致命的消化不良或小傷疤，就是蚊子叫般的死之小鈴——微弱是微弱，仍會遙指我們在死亡天空下的必朽之身。

# 恨病痛（下）

有回在地鐵裡，我一坐下，就發現對面的人不太一般。那是第一次，我面對面，看到也許是焦慮或強迫症病人。因為陌生的關係，我反射性地想換位子，但是繼而一想，如果對方是病人，這樣做實在不是很禮貌，所以我就不動了。

坐了幾站，對面的仁兄甚至對我致歉，可見他雖然不由自主（重複某些動作），卻還是很體諒與看重旁人，他知道別人也會因為他的緊張而不適應——我頗受到震撼。一個人可以從外表看來，古怪與目中無人，但事實上，細心又溫柔。

裝病博取關心，也是一種恨病痛——顯示以為病痛是一種非關真實，可以任意取用冒充的「資源」。如果真心不恨病不恨痛，感激別人在病痛中對自己的扶助，只要稍有起色，就會「讓賢」，謙退所有的照顧。

朋友和我聊過，若是重病，願不願為對方安樂死的話題，他毫不猶豫地說願意幫忙解除痛苦，再問他若得了難治的絕症，我會怎麼做？我答道：「當然是把你推到輪椅上去斂財啊。」——說是玩笑話，這裡面也有些我真實的想法，病也應該是世間的一部分，真的病了的人如果變得依賴，這種依賴是正派的，病了卻不依賴他人或社會，表示環境是糟糕的。

像躁鬱症，就很容易被誤解。比如光說「誇大或自負」好了，若朋友本來就有藝術天分或才氣，若說起鴻圖大志，甚至瘋瘋癲癲，我曾經以為見怪不怪就好了——不過，正因為在發病，本來朋友間絕不會踩的紅線，這時對方也會猛踩不已——導致感覺「雖然妳是病人，但這樣還算朋友嗎？」——這種病真的很需要了解。

病人噴血或嘔吐在妳身上，妳只會想緩解對方的病痛，不會厭惡，就算衣服是妳喜歡的，也不會在意。同樣地，我們一般認為是惡意與冒犯的言語或行為，也是感情疾患者正在「噴血或嘔吐」——有些穢物會正中自己身上，但從理智上來說，還是應忍耐。只是這往往超出我們的經驗法則——我有幾次在聽到病人說，自己多麼厲害，我才在想「信心爆棚也非壞事」，但是聽到諾貝爾獎主辦單位，開始聯絡她或他了，我才猛然警醒，是病發了。

無論生什麼病，本質上都是孤獨的——甚至存在一個「絕不可能與人溝通」，「只有我知道」的瞬間——皮亞拉有部電影處理被領養孩子的生活，裡面有一幕，我永遠記得。小孩受了傷，一個人摀著痛處，跑了大半的路——那個小孩並沒被忽略與棄養，所以只要跑到大人面前，傷口就會被處理。可是在他「遇見社會與照顧系統」之前，他必須獨自跑過一段時間一段路——人無法離群獨居以及社會象徵與實際是什麼，我覺得就存在於那個「知道跑向何處」的畫面之中。我感觸會那麼深，是因為我上小學時，有過類似的體驗——體育課跳箱，有個男孩跳完後臉色發白，用奇怪的方式壓著手。因為那是當時我的小情人，所以我非常注意他。他什麼都沒有說地過了很久，別人都跳箱跳過一個又一個了，我就是覺得哪裡不對，所以跑去問他：你怎麼了？他很小聲地告訴我，他手痛——我馬上跑去報告老師——他的手腕根本骨折了。後來的處理，就很平常，趕緊送醫了就是，老師也沒有責備他。

他並不是一個有任何特殊溝通障礙的小孩，平時是運動健將，人緣也不錯。是什麼讓他一受傷就退卻，不說也不喊痛？因為我盯著他很久，雖然我事後沒問他，但想起來就會困惑，到底他打算忍到什麼時候？那是一堂課的剛開始，難道他打算一直忍到下課嗎？從他掩飾的方式看，如果我不跑去問他，他會這樣痛整節課嗎？骨折又不是擦破皮。可能是，所有人在一開始，都不免覺得「生病受傷是自己的錯」——兒童心理學家常強調要在第一時間就教幼兒，他們不是「壞掉或破掉」，因為只有東西才會壞掉破掉，人只會生病與受傷——這樣說起來，病痛也是認識「人與物」不同的關鍵時刻。

有次我跟一個關係算近的朋友S，說到我最尖銳的一次經驗，是因為上課鐘聲響，我還倒吊在遊戲器材的最中間，無論往前或往後倒吊爬行，都要幾分鐘。因為害怕沒有準時回教室，驚慌手鬆，背先著地摔落。原本我講這段故事，我想說的是「我怎麼知道脊椎非常重要」——因為摔下來最痛的不是撞水泥地，而是打到脊椎，讓我站起來後，有幾分鐘「啞」了。連要喊痛的聲音都發不出來，比痛更讓我害怕的是，我的發聲器官不靈了，那是極端恐怖的時刻。朋友堅持說，「妳只是痛得說不出話來」——我說不是，我感覺是背部脊椎有某處，一旦被重擊，會影響發出聲音。我們來來回回吵了很久，這事現在想起來，我還是覺得難以原諒S。

成年後，我有次因為普拿疼也止不住的嚴重疼痛，坐救護車打過一次止痛針——以痛的程度來說，遠比兒時摔落那次，痛上許多倍——可整個過程中，我打電話問朋友叫救護車該注意什麼事項等等，一點也沒妨礙到說話。

我這就想起所有關於「他者／異己」的理論來了。

病有某種透明與公共性——從它對「健康參考值」的偏離，我們大致「知道」病是什麼，然而「病人」喚起的也是一種最原始的，對「他者性」的未知感——其中存在不可預測與不可控——甚至對自己，「病我」也是有「陌生他者」的成分在。每種病都有一整套獨特專屬的語言，憂鬱症患者說到幾種藥名，不熟此病的人根本摸不著頭腦，有些病的病人則對各種指數琅琅上口——然而，在這共通語言之外，「沒有人會生著同樣的病」——比如《黎亞》這部經典，就可看作對「一病多語」的衝突紀錄與反省。

「他者性」有許多變異，有時不同的文化會賦予不同的病高低不一的他者性，有時則是個人主觀經驗的詮釋會導致不同病痛分配到不同的「他者性」。很多時候，人們恨病痛，恨的是一份「他者性」——如果認為「任何病痛是任何人都可能有的」，病的他者性就會大大降低——或者，若是本來就把「他者性」視為「有益的未知」而非「恐怖的威脅」，也是可能，將「他者性」引發的驅逐或消滅慾望，改寫為「擴大的生命」。

有個古怪的法國老太太，她認為左撇子與同性戀都有惡魔的成分，但是她很能招架有暴力傾向的精神疾患者——有次在我們的社區，一個精神疾患者不知什麼原因，揮手想打我，我因為揹著筆電雙手拎書，正覺十分完蛋，老太太一根手指也沒動，就解救了我——她突然閃了出來跟患者哈啦——也不知那是什麼竅門，總之那哈啦的話語，我也聽不出有什麼太高深之處，但患者動手或暴力的那面一下就消失了。老太太快一百歲了，平日沒什麼事可做，自詡是我們社區的瑪波小姐，每日出巡管些閒事，哪家缺食物就送食物去，遇到像我遇襲這類事，就發揮一下她老人家的「巧語退病術」——實在是怪人。她跟那精神疾患說話的方式，就像那人是她親孫女一般。

「妳還沒死啊？」老太太在超市門口遇見我，總是來上這一句招呼——年紀大的人就是有這種特權，她於我又有救命之恩，當然就還是客客氣氣地回覆她：「是啊，沒死。」

她實在是我見過十分不視病人為他者的模範——當然啦，如果她能改進她那左撇子與同性戀是惡魔附身的古老情懷，就更完美了——不過，人就不是完美的——記住這一點，對於緩和「恨病痛」，絕對很有幫助。

# 恨母親（上）

關於這個主題嘛，先開宗明義：我不贊成人們恨母親——但是我自己恨我母親時，希望例外。

——這樣說，當然有點像說笑話了。通常人們最煩惱，最揪心，也最無法可想的，就是與自己母親的關係——要恨都是恨自己的母親，很少聽說，恨別人的母親，是恨得厲害的。

但我這樣聲明還是有一番道理。用西方的說法，可以說就是「大小寫母親」——大寫的母親是種統稱，人類的母親，成為母親的方式，母親的地位——

大家很大驚小怪，因為拉岡說過，「女人並不存在」——事實上，比較完整的翻譯，應該是「大寫的女人並不存在」——也就是說，沒有一種可以用來作為「所有女人」的定義。實際上，這當然有點惱人，因為我成長的過程，很受惠於女人終於可以開始說，「我們女人」——而以共同的力量擺脫某些加諸女人的汙名與性別歧視。很可以想像，某些知識分子，會在任何這一類「主張女權」的發話之後，開始說「拉岡說過，女人並不存在」——如果是我，這時不要理那人就好了。因為，拉岡的說法，是在很特殊的框架裡，要解決特定的理論問題。——更何況，德希達也已經把拉岡的男性中心問題，交代得滿清楚了，這裡，我們就不再糾結——如果只是為了擺脫糾纏，只要簡單知道，正在說的是「複數小寫女人」就好了。

儘管用「複小女」的概念，比較能做到語言上的警醒，但「大寫的女人或母親」，在討論文化現象上，還是有它作為符號的溝通性。有次我去羅浮宮看畫，非常受到達文西《聖母聖嬰與聖安妮》的震動，聖安妮就是瑪莉亞的母親。

「母親，其實就是，也有母親的那個人啊！」我邊想到，邊流下淚。

這並不是唯一一次安妮出現在畫作中。在達文西的這幅畫裡，小羊在孩童耶穌的懷裡，孩童耶穌在聖母瑪莉亞伸出的懷抱之前，安妮垂著眼睛看向瑪莉亞，左手閒散地輕扠腰間——透過眼神與姿勢黏合的四人（我把小羊擬人進去啦）關係非常鮮明，羊需要抱著，耶穌可抱可不抱，瑪莉亞不需要抱（安妮扠腰的這點強化了這種感覺）——然而，身體的緊密接觸不代表情感的親疏——雖然「懷抱」從小到大，是由緊到無——但透過表情傳達出來的是，接觸少並不會減弱感情的強度（我想這是什麼神學意旨，也滿可以發揮的）——為了達成這種效果，達文西還是讓瑪莉亞等同坐在安妮的腿上！

——瑪莉亞看來並不輕盈，安妮臉上卻沒有「好重！我腿麻了！」的訊息——如果對人體或解剖特別鑽研，可能會得出，聖安妮擁有「藝術史上最強壯的雙腿」這樣的結論吧。總之，這是在「聖母與嬰」以壓倒性的質量佔據美術史的狀態裡，難得一見，成功偷渡並轉化「母與子」的主題，隱藏了被遺忘的「母與女」。

母親來自母親，這看起來十足廢話，可是蘊含的意思是，母親也曾是小孩，所有我們想要賦予一個人的東西，母親也該有。

最令我深思的，還有一個經驗。我一個被積欠過工資，感到飽受欺凌的前同事，跟我轉述她在辭職前抗議老闆的一番談話，她說：「我跟她說，我們也是有父母，是父母生下來的。（所以這樣欺負我們是不對的。）」我的前同事那時很年輕，高中畢業，不會用太拗口的方式講道理——其實對於蠻橫的老闆，也不是道理講得好，就講得通的。比較重要的是，這個「我來自母親」的論點，讓說話者，也就是我的前同事本人，提起了勇氣與信心。我不知道研究勞工運動的學者們會怎麼看這個例子。除了工人團結，也有「父母生的人」的團結？這是非常值得探討的。

記得只有在莎士比亞的《馬克白》裡，出現過「不從女人生出來的，才能傷害馬克白」這種奇怪謎語——答案是「剖腹出來的人」，簡直像腦筋急轉彎。

除了戲劇，我們一般也還是會將剖腹產的，視為女人生的——桃子切開後，有個小孩，那是童話故事。

人會待在母親子宮內，最後才透過母親生產的過程，來到這世界——想到這裡，忽然想到，有時有人會問，為什麼男人對女人身體的興趣，似乎大於女人對男人？是不是真是這樣，先放在一邊，撇開若干更複雜的解釋，每個人在出生之前，都有賴母親身體的容留——我看過三歲左右的小男孩，會把枕頭塞進衣服裡玩，大概就是在模仿與想像，母親懷孕與「大肚子」是怎麼回事。

從時間與空間來說，每個人都來自女性生理構造的「育兒性」——有人說，小木偶的創作原型，聖經裡的「約拿被鯨魚吞進肚子裡」，也可以被看作「重回母胎」的想像。藝術家尼基．德．聖法爾就覺得，何不轉換這種「想進女體」的慾望為藝術的遊戲呢？所以她做的大型雕塑，就把女性身體變成人們可以進進出出的遊樂園般所在。我想，聖法爾期望的，應該就是，讓人們直面且在身體中重新自由聯想並接近，那些被父權文化窄化成「不是太聖潔就是太工具化」

的「孕嬰」關係。她讓女體的「女主人性」也符號化在場，不像某些文化表述，老將女人肚腹與非人的幽暗連在一起。

# 恨母親（下）

戰神與智慧女神雅典娜的出生，是從父親宙斯的頭上蹦出來的——這事被歌頌過。但我記得我小時候讀到時，感到非常苦惱，覺得要透過這樣的方式保障女神的卓越性，實在是「太狠的說教」了。幾乎不能說它「暗示」優秀女人的唯一出路是搭住父系傳承，此處明白獎勵拒認母女聯結（不一定是血緣上的譜系）與母親存在的意圖，也「太藝術」了吧。——偶爾我會看到抹去女系傳承的作法或形象妝點，無意識或有意識地打造「來自父神的血統高貴」，這種時候，雅典娜從宙斯頭中誕生的神話，就會在我腦海中，再一次出現。

不過，就讓我們來讀一段博學的康奈莉，在《帕德嫩之謎》中，是怎麼介紹這一段神話的吧：

最廣為人知的雅典娜誕生故事指她是從父親宙斯頭上蹦出來，一出生便是個完全成長的女戰神，話說，宙斯聽過一個預言，指他將會被他的第二個小孩推翻，當水仙女墨蒂絲（俄克阿諾斯和忒提絲的女兒）懷孕後，為了不讓她生產，他把她整個人吞下肚裡。

乖乖隆的咚！有這種止孕法！水仙女墨蒂絲懷的就是雅典娜。接下來看：

一段時間之後，宙斯感到劇烈頭疼，需要工匠之神黑淮斯托斯解救。黑淮斯托斯揮動巨斧，劈向宙斯的頭顱，而劈堅執銳的雅典娜隨即從頭顱裂縫裡蹦了出來。

所以，這個「只屬於父親的女兒」，「宙斯用頭自己生出來的女兒」，「只有父親沒有母親的雅典娜」——竟是這樣「沒有母親」。雅典娜在墨蒂絲的肚子裡，墨蒂絲在宙斯的肚子裡——宙斯的劇烈頭疼，明顯是模仿孕婦陣痛。

以現代的解剖學與婦科知識，會覺得神話怪誕無稽，然而這當中「前知識」的資訊很豐富：遠古時代，人們想不出該怎麼詮釋兩件事，一是為什麼是女人而非男人懷孕，看似女人壟斷獨佔了一個特殊的能力；二是到底生出來的嬰兒與男人的關係究竟是什麼？

從神話來看，「父親」把現在我們所說的「子女」與「子嗣」視為威脅與敵人，是頗常見的。宙斯的父親自己就吞過五個「自己的小孩」——有趣的是，那時看起來沒有殺嬰的想法，描述中並沒有提到嚼碎或消化道的概念——畢竟，女人懷胎時，嬰兒是可以「在肚內存活」。所以，推斷在某個歷史時期，對女人懷孕生產這事，男人曾有過又妒又恨或許還有畏懼的感覺，非常合理。

要注意的是，這並不是一種本質上的感情（並不意謂是男人就一定會這樣想與這樣感覺），而是與缺乏科學知識息息相關。那麼，現在為什麼回溯那麼古老的神話？因為一個人類，就算身在二十一世紀，在沒有接觸科學知識之前（比如還在讀幼稚園或上課都不專心），就有可能，像古人一樣自發地想像，自發地錯誤，而把這樣的錯誤深埋在心中。

不要恨母親的其中一層意義，可以說是，不要放大了懷孕生產一事成「神祕權力」，然後再因這種想像的放大，想要透過貶抑與排除來反制「神祕權力」。無論是什麼性別，也無論在實際生活中，做出想不想生男育女的決定，盡可能多閱讀女人第一手的「生產書寫」與「孕事發聲」是很有益的。台灣在這方面，這幾年累積了相當可觀的成績，我可以舉得出來的主要作者就有李欣倫、張郅忻、諶淑婷、林蔚昀等。「不恨母親」這事，有社會集體的責任在，因為每個人都會在自己的生活或工作中，因為「恨母親」與否，而做出判斷與選擇。恨母親會透過許多細緻的表達，瀰漫在社會裡。比如把懷孕說成「下蛋」或對哺乳相關事項公然表達噁心等，都可以說是某種「仇母」行為。

在第二個面向裡，「恨母親」存在於一種認為「她生所以她養」的想法裡。我只有在萬不得已的狀況裡，才會使用「母職」這個字，我通常會使用的是「親職」。我在南特時，有個法文老師發下作文時，曾因為「親職」這個字眼，而對我說：「妳不要發明怪字啊。」可是後來我到巴黎，幾乎所有觸眼可及的海報之類，都可以看到「親職」這個字。女人視親職為枷鎖的歷史原因在於，那被認為是「本分」——而這個「本分」又拿來限制與阻擋女人做其他選擇的自由。據說法國社會黨的華亞爾決定出來參選總統時，她的同黨同志曾非常抓狂地反問：「她選？那誰來帶小孩啊？」

其實華亞爾的子女都已大到可以幫忙競選了，帶小孩的問題，根本不存在。這種問話不只可笑，也凸顯了性別歧視的壓迫性：「只要還有一個女人被當作理所當然地該帶孩子，所有的女人都會被想成應該安於此束縛，而不可以涉足其他所謂野心領域。」很長一段時間，打破「女人等於母親」的這個等號，目的並不是有意貶損女人的親職角色，而是為了對抗把「女人育幼」一事，視為單一且不可跳脫的人生目標。在這個現象裡，「後悔做媽媽」這個表達其實相當有建設性，這種「後悔」，有時比「悔教夫婿覓封侯」還要嚴重許多。有些女人是在子女誕生後，才猛然發現，她並沒有在事前被告知，她所要擔負的親職有多繁重與孤單，因此而有嚴重的被欺騙感。我在路邊，聽一個女人對我訴苦，很不幸地，她把大部分的憤怒都擲向所有「幸運沒掉進陷阱」而還保有自由的女人。在這種現象裡，「母親」因為是可惡的工作，而也使在這工作崗位上的人不得不變得可惡了。——這類「可惡母親」形象，也許還有一點是禁忌，但有次我的朋友A炸鍋了。

「一天到晚寄她們小孩的照片來給我，到底是想怎麼樣！」A很怒。

我試著了解：「如果她們是妳的朋友，她們有了小孩，讓妳知道，不是很正常嗎？」

「不不不，一點都不正常。」A說：「沒有問候，沒有任何朋友間的聊天，就只知道猛寄照片。」

「如果是這樣，」我邊想邊說：「那是有點不細膩了。」

也許因為我私人的交友圈，是有一定「女性主義情商」的，所以我碰到的狀況，多半很自制，沒出現過像A控訴的這種狀況。但我確實聽過一些抱怨，認為「做媽媽的那些女人」，變得不懂尊重其他人，「強迫別人像她們一樣覺得小孩很可愛，可我覺得一點都不可愛」——或者，認為這一類的「幸福（？）暴露狂」差不多是種騷擾。憤恨是雙向的，指責眾人不知「養育苦悶」的聲音也有。

年輕時，我也注意到過，同樣是有小孩，有些女人仍然能與其他人保持平等的關係，而有些則會拿出「媽媽的態度」，而把自己與別人的關係變得有點「上對下」——如果存在兩種不同的狀態，可見問題不是一個人「成不成為母親」的身分造成影響，而是對這個身分的認知。「有點像媽媽」——在談話裡，有時其實是婉轉地說，「非常討人厭」。

這裡我就想到一個笑話。有陣子我和一群人有個「上級老闆」，非常難纏，毫不體貼，但我也要說，她在某些方面的能力很強，可以說是實力派的人，但就是不好處。我們所有的人都有些怨言，但有一個夥伴B，很奇怪地，始終能以一種甜美的態度應對這種艱困的人際。有天有人忍不住問了，到底祕訣是什麼？B回答道：「哎呀祕訣啊。祕訣就是——因為我媽比老闆嚴重多了啦。」

這就如同一個卡夫卡式的命題。現在已經是有名的說法了，就是說，「父母是我們人生中第一個要對付的難題」——卡夫卡全力在處理的是他的父親對他所造成的壓迫感覺，但在我們之中，有些人的母親，就是那個難題的化身。在養育關係裡，因為靠得非常近的那些時間裡，我們還很弱小，所以那些困難會顯得非常深刻——而一般來說，沒有人會喜歡困難的。不過，有時候，我們還是能夠期待，困難導致了像B那樣的樂觀結果。

當我非常幼小時，我父親喜歡反覆說一個故事，說某個殺人犯，在臨刑之前，要求母親再為他哺一次乳，眾人都以為，這是懷念母愛的表現，所以就允許了。沒想到殺人犯卻咬下母親的乳頭並表示，他之所以走到今天，成為一個是非不分的惡人，都是因為母親的溺愛與不管教，所以他要在臨死之前，懲罰母親。我父親在講這個故事時，總是洋洋得意，認為他在告訴我們教育在人生中的重要性。我成年後，有次讀到這故事，但忘了出處，只是確認了，這應該曾經是相當有名的故事。

非常荒唐與殘暴。這個故事。它代表了「千錯萬錯都是母親的錯」的那種想法。而一個人作奸犯科後，只要懂得制裁母親，倒可以一躍為把握「大是大非」以警世人的「智者」。

這是非常奇怪的一件事：我們所知道的若干學者或是反抗者，若是要做出有損聲名的行為，比如基於庸俗的理由謀求某種頭銜，迫於情勢而妥協，他們往往會在傳記或自我表述裡說，「那不是我真心作為，但會使我母親高興」——凡是比較保守的，比較利益取向的，人們都會把它說成「母親的呼喚」——就像「愛國主義是歹徒最後的避難所」，「媽媽的心願也常是英雄的開小差」。

「你又不是你媽媽。」——我們大可以這樣，請人們自己負起責任，而非不斷地把爛帳都堆在媽媽名下。或許擔心被說「媽寶」，這個公式在「媽媽」的位置上，會變形為「妻子、阿嬤或媽祖」。

不是我要，是媽祖要。

凡是人們自己不能完全接受，但又還是會去做的行為，人們就請出「母親」——如果說，人不能接受，但就是存在的那部分，叫做「陰影」，人們經常「以母親之名」所行的，就是這類「陰影」——然而，陰影終究是屬於自己的，讓母親代表黑暗，大概也會始終不能認識完整的自己。

到此說了一些文化面「恨母親」的來龍去脈，可能還是要說點純粹個人的部分——那是最艱難，但也恐怕是最有必要的。因為，當我們聽一個人說愛母親或恨母親，我們都以為我們很知道那是什麼，但其實我們不知道——只有透過細節，才能了解。

「媽媽，我覺得妳的所作所為，其實非常邪惡。」有次我試著很誠懇地對她說。

「喔，我的天，不要講到那麼玄的東西上去。」她馬上說。

過了幾分鐘後，她說：「你爸也曾經對我說過一模一樣的話。」

——上面這段對話，並不是摘錄自任何小說，而是真正發生過的對話。

想起來，那場面非常滑稽，但也相當悲涼。她的反應不是為自己「並不邪惡」辯護，也不是想要修正這個說法，她乾脆地否定這個詞語存在她的字典中，她完全沒辦法思考這個問題，也不打算想——對這個現象最悲劇性的結論，大概是，我稱之為「邪惡」的這種狀態，對她來說，太自然了，如果她要開始面對，就會根本性地喪失她的生存法則。

很年輕的時候，我曾經以一種女性主義式的浪漫與真誠，相信我母親是父權文化的受害者——如果她「意識覺醒」了，就會成為比較不一樣的人，比較不一樣的母親。我因此認真地發掘她的優點——那並不難，她的優點可以說也並不少。但在我希望感動她與影響她的過程中，她一次次地「故態復萌」，在我還無法跳脫「她會改變」的期待時，那變成很可怕的挫折與打擊。

我終於有了某種思考上的轉向，認為把一種非常低標而非高標的女性主義理想與可能性放在她身上，其對我造成的危險性，可能「並不小於自殺」。放棄，成為我較明智的決定。

為了想要不恨母親，結果可能變得「恨上加恨」。因為當妳不想恨她——換言之，就是對愛仍保持希望時，妳就是把控制權再次交給她——在某些情形下，人與人的關係，愛會產生愛，但在特殊的情況下，事情並不會像這樣發生。愛也會導致攻擊與踐踏。

「如果我可以忍受虐待，為什麼妳就不可以？」——這是她曾用不同方式對我說過的同一件事。

我曾經跟她分析某些狀態，是種精神虐待，但她痛快地告訴我：「不要以為我都是被虐待，我也很會虐待人。」

——年紀很小的時候，她的這種「風格」，我以為是缺乏邏輯，但長到一定年紀之後，我慢慢接受一件事，那就是，長期精神受虐後，人也可能失去改變的契機。雖然非常可惜，但如果將自己投入如同黑洞般的關係中，希望與有虐待／受虐癮的人，建立感情，那就跟把頭伸進獅子口裡，又希望自己的脖子與頭能夠始終連在一起，完全就是不切實際。

所以，我要很清楚地表達立場，對於那些鼓勵母女和解與修復的言語與作法，必須謹慎對待。在不知道實情時，我們很容易認為存在一個「母親的標準值」，不會有哪個母親太不善良，或是太過陰狠——就連女兒也會傾向「自欺欺人」，對自己或他人，呈現一個美化的母女關係。

零和解，零修復——我恨我的母親，不會改變也不必改變。恨的意識在於它可以使我們劃定界線，這樣恨，不多不少，恰恰好足以保護自己，並且停止作夢。

沒有得到母親保護的人，如果一直幻想母親終有一天，會露出一點守護天使的痕跡，淡淡地，不用很多——即使是這樣，可能還是奢求。如果奢求財富或權力，可以使一個人毀滅，奢求母愛也可以。最好在恨母親恨到希望同歸於盡之前，就分手，就承認恨。並以對一個仇敵般的冷靜，保持我們的風度、理智與人性。有時把對方當作仇敵後，我們反而能平靜，不因感情用事而暴力。

很久以前，我曾看過一個義大利的短片，片子的敘事很簡單：有個男人在海灘上，試圖拖著一具屍體向岸上前進，開始還算輕鬆，但後來就沒那麼容易，必須拖一拖就休息一下。最初，我們好希望他成功，但慢慢地，隨著他休息時間越來越長，拖著屍體向前走的腳步越來越踉蹌，我們終於發現，他的願望可能會讓他本人送命：當他力氣用盡時，他不再向前，他也會被海浪吞噬。在短片快要結束的最後一刻，他終於放棄了努力，把屍體留在身後，獨自朝相反於海的方向走去。這當然是個隱喻，不是鼓勵人們隨意棄屍，而屍體並不一定是肉身，在這世上，也存在著精神的屍體。男人可能是女人，那個海灘上的男人與無生命跡象屍體的關係，有時候，也就是某種母女關係的縮影。

如果妳有還可以接受的母女關係，要好好讚美它，要想到，在漫長不給予母女關係肯定與祝福的歷史中，它是多麼得來不易且美麗。但如果妳沒有，妳也要好好讚美這世上的其他事物，妳是海灘上的那個男人，是一條生命，需要另一種勇氣與魄力：妳恨母親，妳了解自己，這件事沒有那麼羞恥與孤寂，不要自暴自棄。請好好朝岸上走去。

# 恨採取立場

恨採取立場，可能比我們想像中常見。通常很少有人會直接說，我恨採取立場。也許一語不發，也許口若懸河——但說的是兜兜轉轉的話。細察之後，兩種反應都可能藏有「我恨採取立場」。

有時我很清楚，我有立場，並且表現出來；不過，我也有想到採取立場，就老大不高興的時候。

我對大部分與體育有關的事，很少採取立場，主要是我太不熟悉了，光是要弄清楚誰是誰，就很花工夫，即使偶爾注意了某個體育事件，有些想法，就不見得會說出來。迴避對不熟悉領域採取立場，是人之常情。

我剛回台灣時，有次發了大火。親戚C跑來留言，要我在政治上「妳不要站錯了邊喔！」這個親戚很藍——大家族裡，大概狀況是上一輩很藍，下一輩則多綠，平常大家都心知肚明。「一個群組裡，偏偏就會有一個綠的，跟大家不一樣。」有次C這樣抱怨。她帶到這問題時，都會先強調不談政治不要傷和氣，然而，她不知道，她的態度中，立場不同的人，並沒被當成「立場不同」，而總是被當成「有缺陷，有毛病」的人。撇開這件事，原來感情還不錯呢。日常生活裡，有些類似的狀態，如果對方不是如此輕佻粗糙，我多半笑嘻嘻，知道對方想影響我，但反正要不要受影響，最後是我決定，人生如果都拿來做立場角力，也太無趣。寒暄或一面之緣時，要誤解會錯認就隨便啦。

這裡就看出來，一個人有立場，會引起各種不便：感情好的，會出現裂痕，平靜的心，也很難波瀾不驚。什麼事都沒有立場，或是對相反立場都能按讚的人，是廣結善緣或牆頭草，面面俱到或人緣好，不過，就算全部都是真心誠意

（比如記性很差，所以可以贊成其實矛盾的不同立場），恐怕也還是有些滑稽。更嚴重的狀況，也會被痛責吧。

如果把人際關係看得比其他事都重，想要得到最多關愛並且人緣永久好，就不太可能採取立場，或是只能「偽取」立場。因為「採取立場」，如果不是潛在有衝突，其實沒有必要。這是為什麼仰賴廣大市場生存的某些公眾人物，很少真正採取立場，或是即使採取了，也是沒太多必要採取的立場，諸如「多一點愛」或「勇敢追夢」，採取立場有其「壞聲名」，因為它「太過空泛與空洞」。舉例來說，「贊成或反對體罰」就比「愛小孩」來得精確有層次，對前者採取立場就比後者來得有必要，但也就不那麼容易引起共鳴或討人喜歡。

人一旦採取立場，也會馬上被歸於一個群體：我們所說「立場一致的人」。

有些人視採取立場為畏途，不見得是沒意見，而是，比什麼都怕，被歸為沒有個人特質的集體。或是因此還要為其他所謂同一立場，但在深處意見不同的人背書。文藝的作用或說服務項之一好了，是令使用者保持個性，所以文藝工作者本身，有立場，但不願表現，有可能就是要保持一定程度「特立獨行」的形象與作用。形象的問題並不膚淺，就像表演有時就是思想的戲劇化。

有人去問老牌的創作歌手拉封丹對「Me Too」的看法，她說那讓她想到「貓的名字」。有人因此對她很火大，但也有人說，如果了解她整個生涯發展都以很尖銳的方式，在反性別歧視，就不會以為這是惡意或無知。因為她是拉封丹呀，就算她咪兔，她也不能說「咪兔」呀。不是因為她真的「不咪兔」，而是對於一個一輩子都在拆解與翻新語言的創作者，要她說出彷彿「拾人牙慧」的「咪兔」或「為其作文」，就是有點「違反本性」。

可以簡稱為「表態」的「採取立場」，因此，時不時與「創造力」處於拮抗的關係中。

但話說回來，「咪兔」也不是那麼缺乏創造力的產物。畢竟，要受害者說出「咪兔」要比說出「我被強暴過」要容易一些，而通常會使受害者孤立的二度傷害，也在「咪兔」這兩個字中得到緩解。所以，從發明的角度來看，「咪兔」也是值得肯定的。而且，稍微細想，我可能就會想用，「我是不咪兔的咪兔」這樣的句式，解決上述問題。「咪兔」指的是共同遭遇，「不咪兔」指的是差異，這樣說的目的就在於，可以在指出共通遭遇的同時，也不將發話者視為無差別，無特性。

恨採取立場的現象，也讓我想到，如何面對生命中的「重複」問題。

重複令人感到單調與乏味，這是「立場語言」有時令人厭煩的原因。也許我們不反感立場本身或內容，但聽到「立場語言」就覺得疲倦。然而，甘於重複與勇於重複這件事，何嘗不有它的智慧與深情？說到改善為止，說到好轉為止，這裡所需要的精神，也是不被「創造者自戀」迷昏的清醒。

採取立場的另一個危險，是限制了複雜化。完全沒有立場的文學與藝術表現，其實不多，但通常不會讓人一眼看穿，會尋求令人暈眩或搖晃的經驗歷程。這就有賴使用曲折手法或歧義的能力——為了深化思考或變化感性。而這與採取立場需要的及時性與簡潔溝通，可以說是不同面向的領域。

藝術家以藝術考量採取立場時，往往會帶入曖昧性，表達立場又表達曖昧，或許有人就會勸藝術家，您還是別表達好了。（但藝術家就會「可是我偏偏要表達」吧！）

我最開始留意這個主題，是在香港「雨傘運動」前後。那時有個奇怪的論戰，可以用「問誰還未發聲」這句話為代表。香港小說家董啟章因為提出「必要的沉默」，而被其他作者回應「此時有聲勝無聲」。據說黃碧雲後來也加入了，比較在董啟章的這一方。最後，二〇一八年，還有了《沉默的發條》一本論戰的集結。當時的文章，因為發表平台在整修，沒能一一重看，但二〇一九年還有個訪談，重回了相關討論。在訪談裡，上述的若干現象，幾乎都出現了。只是雙方彼此誤解的狀況，比我想像的，感覺要更嚴重一點。但董啟章對「文學即時回應社會與政治事件的可能性」，看法有修正，他後來覺得，其中也是有文學或細緻的手法。

可能因為我在這主題上有些彈性，我就覺得，不是兩種董啟章哪個想法比較好比較對，可以就是「那時我更想A」，「這時我更覺得B」——想法不必唯一。

對於討論中，我比較不同意的是，以為這與形式有關。結果導向詩適合用來表態，小說較難——如果是字數的關係，也存在「掌上小說」或是「一行小說」，而且絕對也有詩是植根於表態之外的。問題只在作者感覺到迫切性與否，如果情感上沒感覺到迫切性而硬做，那就不只是文學被工具化，人也工具化了。如果感受到迫切性，那麼，表態自然的程度，也會自然到「不像表態」——搞不好，那還更像回到文學的根，源，起點，老家。

這裡插入一個括弧，傳統都覺得創作者敏感，但這也可能是個誤會，或許藝術工作者下意識地覺得總會有一個藝術表現的空間，作為進可攻退可守的據點，這種有恃無恐的想法可能是種蒙蔽。因此，在某些壓迫或剝奪的情勢中，創作者有可能反而不如不創作的人們，對危險與損傷造成的痛苦，能有直覺的立即反應——發出警報。寫《狂野追尋》的博拉紐，有次在一個小說段落裡，稱能夠用論述時時表態的作家為「人中龍鳳」——我每次想到，就覺得好笑得不得了。

龍鳳是存在的，若干時刻帶來一盞明燈或幾許安慰，也是不錯的——當然想到深處，「龍鳳呈祥」還是有那麼一點點，違和感。不到感覺壞，就只是令人發笑的太過一本正經。

我很小的時候，吃過這種事的苦頭。國中時，有次發生一件事，數學小老師認為本週已考太多試了，就把其中一張考卷發下當練習，很可能她就此讓喜愛考試的同學「參了一本」，結果導師把所有小老師聚集到一間教室裡，讓我們輪流檢討反省。然而我怎麼樣也無法進入狀況，氣氛越肅穆，我就越想笑。現在回想，當場笑出來會有什麼後果？老師暴怒，很有可能。所有小老師被懲處？記我們缺點之類？倒不至於，因為我還是老師的寵兒——可當時就有「一笑就完蛋」的莫大壓力，整個訓話過程裡，我忍笑忍得痛苦不已，只能用假裝健康不佳，抓鼻子捂嘴巴苦苦熬過連腳趾頭都想狂笑的生理狀態。這種小事也得檢討？批評自己的人格？我到現在對於師長都有點敬而遠之，因為覺得我體內的愛笑細胞很難控制——。

大江健三郎，這個很少好笑的作家，對笑話倒是有很獨到的研究與了解，認為笑話是讓事物有更多一維的維度，而且笑話裡有真正嚴肅的成分——雖然愛笑，但另方面，我以為，那種定好笑表達為一尊，老是譴責別人不好笑的傾向，也是有問題的。

「沒有必要時時好笑。一直都好笑的就不是好笑，而是強迫症了」——有次我在座談上回覆提問，因為讀者想知道主張自己權利時，被譏沒有幽默感該怎麼辦。這道理也適用在表態一事，「表態如果變成機械反應，也會從表態變成強迫症」。發現這點後，我非常開心，想在身上掛個布條，上書：「我會說至理名言。」

莊子在葬禮上鼓盆而歌，那就既是表態，又是引起爭議的表態。在這個例子裡，碰觸到「表態很可能要求兌現刻板印象感情」的問題，而有時這也是虛偽與過分服從。那麼，會怎麼看，可能會被稱為挑釁的一些反其道而行的反表態呢？很難說。有時那很有意思很必要，有時也「比無聊更無聊」。脫口秀創作者，在主持頒獎典禮時，把波蘭斯基拍的片《我控訴》「口誤」說成「我被控訴」，儘管反應兩極，但我是滿讚賞這種機智又合乎她專業的表態。諧星本就該挑戰難笑的笑點，若干諧星發展了「如何笑強暴者」的笑話，這就具有高難度，也是對暴力的反轉。

如果覺得說話足夠，根本就不會坐下來書寫——很多作者都曾有過類似說法，文學就是要處理不是「說話瞬間」形式能消化的問題。不過，如果我們不要那麼以書寫為文學的中心，將口述文學，甚或「傳單電影」等都放入文學裡來考慮，那麼，對預設反口語反即席的文學，倒也未必要如此執著。「書寫是無聲尖叫。」莒哈絲這樣表示過——話語被兩種反話語（無聲與尖叫）排除——這種排除，不能被與政治上的噤聲與封口視為同種東西，如果以為一樣，就是只取了表面意義。

安徒生的童話〈十一隻天鵝〉，讓我讀一百遍也不膩。

這個故事有許多陳述與鋪排，但我最愛的是關於「工作中，不說話」這個禁忌的啟示。公主的十一個哥哥被詛咒變成了天鵝，若要從天鵝再變回人，需要公主妹妹去墓地採蕁麻縫製成蕁麻衣。「禁止」這個主題常常出現在童話裡，在這個從民間故事改編的童話裡，還描寫了「禁言」帶來的各種境遇。不能說話，也就不能解釋自己的行為，不能爭取別人的同意，不能為自己辯解，因此，在最極端的狀況裡，公主被指為女巫，被搬到火堆上，面臨活活被燒死的命運。但她還是不說話，馬不停蹄地織她的蕁麻衣。

「她有最好的理由沉默，為了把天鵝變成人的工作，但即使如此，她還是要付出可能被孤立、厭惡以及生命被威脅的代價。」挑眼的人也許會說，織就織，為何非得加上「不言不語」作為條件呢？但我以為，說話與時間的概念有關。說話需要時間，就算能「邊說邊織」吧，還能說話就顯示不太是「趕工」。雖然天鵝普遍被認為美麗，但對人來說，「從天鵝變成人」還是比較好吧。考慮到這一點，也是考慮到結束他人的苦難，趕工蕁麻衣，就不是一般工廠趕工，不僅僅是要快快做完一件工作，也是要減短人作為非人的時間，就算「非人者」是貴氣的天鵝。

時間因素是如此重要，也在於，這個犧牲社會生活的孤立狀態，使它不可能把工作發包給其他人，也不像另一個泰雅族的射日童話裡，工作可以分期延展。在泰雅的童話裡，毒辣的太陽所在太遠，年輕人就揹著兒童上路，一直走到兒童都變成大人，才達到可以射下太陽的距離。這個故事悲愴且有智慧，年輕人走成老人，走一生的路都並沒有完成任何看得見的事蹟，但到下一代就會有成。故事體現了對單一生命體，時間太有限這事，非常深沉的接受與準備。在〈十一隻天鵝〉裡，沒有分工與交棒的可能，任務落在一人頭上，一人逃避或軟弱，任務就落空。

引起最多人討論，也是故事最令人低迴的，就是公主妹妹的功敗垂成。當她將十一件蕁麻衣拋給天鵝時，還有一隻袖子沒織到，所以第十一個王子變回了人形，還有一隻天鵝的翅膀變不回來。那形象真的太強烈了：半人半鳥。這個遺憾凸顯了「完整工作」的重要性，想想看，若是「十個王子一隻鵝」，這悲劇豈不比十一隻天鵝來得大？簡直是地獄。這時更覺之前的不語是：不語是有情。

儘管「完整工作」不可忽視，童話仍然揭示了另一層意義：完美救援與工作只是理想，必須接受瑕疵與不純粹——如果自己生命受到威脅，就遑論保護工作與他人。公主妹妹沒有選擇無視她的環境周遭，當狀態惡劣到極點，當她已被劊子手捉住了手，她沒有忘記織衣的初衷，不是要完成衣服，而是要使「天鵝轉成人」，所以她寧可少一隻袖，也不玉石俱焚。這一處的智慧，有很重要的生命啟示。隔絕是必要的，但最後一刻「衣以致用」更重要——如果她是作家，大概不會寫到命盡氣絕，還把作品深鎖抽屜裡，總會預留一段準備出版的時間吧（我想）。

如果手上有「織蕁麻衣」那麼要緊的工作，那麼，閉緊嘴巴，悶頭做事，「不出面也不發聲」──成為別人眼中「不或沒採取立場」的人，不就再自然不過？恨表態，既是（文學）職業標誌也是職業病──那是種「兼差侵蝕本職」時，所會有的憂傷與罪惡感──即使在最介入社會或政治的巨龍大鳳身上，我們也觀察得到這種「我終歸要回去好好彈琴（寫詩、創作）」的心緒。

我最初認為，這個故事鍾愛的是隱蔽低調的文學工作，甚至是必要的內心活動（沉澱再沉澱！）。然而，讀越多次，越覺得不那麼單純。透過描述不說話帶來的萬般驚險，話語實踐（說話）與話語生產（書寫）兩者的重要性，事實上，都在童話裡，取得了它鮮明的形象與位置。

所以，儘管基於各種理由，人們會有恨採取立場的情緒，但想想這個童話，就會知道，無論採取立場的發聲，或不採取明顯立場的文學，沒有一樣應該完全被放棄。

「我終於可以說話了。」公主妹妹把蕁麻衣拋給天鵝後這麼說。在這裡，有故事可說的意思，不在「編不編故事」，而是「故事總在抵抗（的工作）後」。

# 恨淫賤

那是個一度嚇壞我的經驗，時間只有短短幾秒。

我們一群學生，可能是剛喝完咖啡，在路邊還沒有散，聊著天。一個平常沒有加入這個圈圈的男學生經過，與我們一一打招呼，我有點知道我的男同志好友同學F對此人有些好感，F在他靠近我們時，做了一個動作——不及細想，我就感到噁心與厭惡，那是恨，卻也是「說時遲那時快」的一瞬間。我感到非常、非常困惑。

怎麼會這樣？我對在任何人身上的大部分陰柔氣質，都是喜歡欣賞勝過排斥，如果說是性氣息，我一向的接受度也很好。我非常自責，不明白為什麼自己那一刻，會有那麼強烈的反感。

太奇怪了。難道一直以來，對柔媚秀氣的喜愛，都是假的？想想並不是啊。我在腦海中，重新播放那引發我排山倒海不適感的那一幕，試圖了解，發生了什麼事。

有段時間，我一直朝自己不夠接受「陰柔」的角度去檢討，但卻是個死胡同，總覺得有什麼東西被我看漏了。F做了什麼？用我已有的詞彙來說，F「款擺了腰肢」——只是扭腰擺臀嗎？雖然時間很短，但視覺上的形象非常強烈。除非眼睛眨過那一秒，沒有看見F因為新到者而有的身體語言，要不然，他的雀躍與歡迎之意，是絕對錯不了的訊息。

這件事對我和F的交情沒什麼影響。我對他的了解不是一個動作，我知道他的成長過程，各種生活喜好，他的同性戀情碰到挫折時，我幫著找出解決方法。我們一起度過了許多歡樂的時光。那個「三秒恨」不能抹煞他許多可愛的性情與行為，我只是放在心裡，時不時質問自己：是什麼前置的經驗或感情，會造成那三秒的「恨意脫韁」？那是一個種子，可能成樹造林，如果我了解「它」，我也許會對所有非理性的，可以超車思考與判斷力的「恨」，有更正確的了解。

「男抖窮，女抖賤」──抖動身體，不知為何，是很大的禁忌。有陣子，「賤」是流行語，連小學生也愛脫口而出「貝戈戈」或「好賤」──後來「賤貨」或「小賤貨」又取了更多的意味，變得有「認領汙名擁抱汙名」的作用。例如非裔自稱「黑鬼」，同志自認「雞姦者」，為的不是自辱，而是「恢復被遺忘的受壓迫記憶」性質。

然而，認真想想，「賤」到底是什麼呢？

當我們在日常生活裡，聯想到「犯賤」、「使出賤招」或「賤骨頭」時，除了貶抑，它還表達了什麼感覺？那是「不當存在卻存在」──也就是「可能合法化的禁忌」。原來禁忌應該不可能合法，當「禁忌也可能合法」，表示原來的秩序與價值，都不是那麼穩定，是浮動的。當事者雖然獲得某些利益，但也處於「犧牲的狀態」——犧牲了諸如「有骨氣」的美譽。

「賤」出，代表規則被破壞或被鑽（漏）洞，大概會有兩種影響。一種是首當其衝的，因為你也是關係人，另一種是間接的。比如說，有次我看到有個影片，裡面報導了義大利某個冰淇淋老店，它的對面開了一家新的店，刻意用了只差一字，近似的名字做自己冰淇淋店的招牌名，用混淆視聽的方式瓜分客源。雖然我不是義大利人也不是冰淇淋業者，我也覺得不太舒服。因為它冒犯了類似「君子之爭」的假設。你不能說這是什麼罪大惡極的事，但就是不高尚——這種「賤」是公然的，有時我會想到「厚顏」這兩個字，道德仲裁性比較強的說法，會說「忝不知恥」。

如果讓我來做「賤方」的魔鬼辯護，我也說得出道理：因為它有實利，而且「簡單多了」。這種對自我的「寬容慈悲」，難作楷模。但降低道德標準，在個體或社群面對比較嚴苛的生存條件時，經常反而能幫助度過難關。——比如戰爭或饑荒時，不堅持道德原則的人，可能有更多機會活下來——這種法則，一定多少留在我們的集體記憶中。

——有次我被好友抄襲了整頁的作文，她不可能覺得是對的，但她說：「可是我就是寫不出來啊。」（她坐我隔壁，用瞄的照抄。）後來我撕掉了自己寫好的那一頁，重寫。沒要求她不可抄。因為我在當時有種奇怪的憐憫，覺得「她也有理」——撿便宜不好，但這使「人生」變得容易——做賤事不見得輕鬆，比如被抓到時的窘迫低下，這也是心理代價。如果不是保存著某種「賤性」，靠抄同學的作業長大，某些我們後來看到的偉大人物，搞不好會死在青春期。那時我已經很愛讀些有的沒的，對於「原則」，多少有種「比較文學性」的態度。不過，有點像「示弱」，「示賤」也很複雜，它可能導致親密，也可能變成情感勒索。

因為她是我的好朋友，這麼多年來，我從來沒有想過用「賤」去形容，如果我不是那麼「婉轉」，想來那就是小孩會嚷嚷「妳怎麼那麼賤！」的場面。但我當然不會那麼說，她撐著笑臉的樣子，反而讓我覺得自己很殘酷。有部以色列電影，繳不出房租的窮少女，在年邁房東面前把上衣脫掉，讓房東上下其手——這種畫面，很難令人覺得窮少女「淫賤」——那是生活的磨難與有（財）力者的猥瑣，少女給人的感覺更像壯烈——儘管敘述觀點與方法轉手，它會看似一則與淫賤有關的故事。

淫賤又比賤更難懂。在賤的概念裡，再結合了「淫」的向度——賣冰淇淋的商家有「賤」的成分，但我們不會覺得冰淇淋店「淫賤」。沒辦法從外顯行為判斷是否牽涉到淫賤，坊間傳說什麼或什麼面相淫賤，多是刻板印象。於梨華的小說〈母與子〉給我的印象非常深，若我一定要舉出想像裡，將「淫賤」形象化得最厲害的，我會想到的就是裡面的母親梅英。後來我看了宋存壽由此改編的電影《母親三十歲》，大失所望——這裡不真是批評電影的意思，而是在我腦海，已有個梅英模樣，渾身都散發出「唯性是從」氣味，淫賤得像響尾蛇般會滋滋響。早先極端的印象太強了，覺得電影裡的梅英太端莊。我忍不住想，也許兒童都會害怕母親淫賤，因為全身心的淫賤，就沒精神照顧小孩了。拋下甚至殺害兒童，會是淫賤者的風格之一。但另方面，淫賤母親或許像「野孩子」一樣，會令兒童嚮往，因為如果母親淫賤，就會喪失管教的權威，會有活力，甚至好玩。因為兒童對母親有佔有慾與投射的作用，兒童或是子女看母親的眼光也不會準。我就看過成年子女對待母親的第二春，還彷彿母親在通姦，但父親根本過世了——無關淫賤，卻被視為淫賤的例子，應該很多。

那麼，淫賤究竟存不存在呢？我認為，它還是應該作為一個想像被保留，來使我們明瞭人類狀態的不同層次。歷史上作為連續強暴犯之妻，因為本身的慾望而非被脅迫，幫著誘拐被害人的那種女人，確實搆得上「淫」了。但這離一般人的經驗恐怕太遠，而且從滿足權力慾的角度來說，賤不賤就很難說。作為「性感象徵」的某些文化形象，倒是可能真是完足，但有「包裝」的「淫賤」——瑪麗蓮夢露給總統唱生日快樂歌的錄影令人印象深刻。對總統有何必要散發大量性氣息？這確實「有淫」了。散發性力是為了恭維對方，這就是「有賤」了。包裝呢？那就是（清純無辜的）「生日快樂歌」啊。如果唱「來點我的火吧」，那就是另一個故事了。

歷來「淫賤」都容易被當作人格特質，然而，「淫賤」要「有感」，是有技術的。某人可能淫得要命，賤得要死，但看起來卻不淫不賤，只是呆呆的——因為「淫賤」既然可以是「作態」，它也就是一套「把戲」。

然而，如果淫賤不是把戲，就會比「賤」還令人不安。因為我們普遍相信，「賤」還與理性相關，但進到慾望本能性衝動的「淫」域，更加原始與不可知。「淫賤」是兩種運動同時出現：慾望的漲潮與權力的退位，所以它是激烈的現象。如果是親密關係中的小把戲，那其實無傷大雅。恨淫賤裡的恨，應該是對恐懼的防衛。淫與賤都會使人處於比較脆弱的狀態，因為它臣服慾望並放掉權力。如果環境是和平與善待慾望的，淫賤不見得會被待之以淫賤——衝出的慾望未加掩飾，只是人性的一部分吧。現在我們對當街擁吻，可以不覺冒犯地視而不見，更不可能被勾起淫賤的恐懼想像——也許扭腰擺臀，也會也該，得到相似的對待。

後記

# 輕蔑也沒有關係喔

想起一些事。第一次在公共場合碰到（林）婉瑜，她有點好奇我為什麼較親布勒不親其他人。因為我立刻辨別出那是一種非常善良的好奇，所以我當下就滿足她，我說：「布勒啊，因為她不算人類啦。」——還好那真是一個悟性很高的環境——否則，一開口就說人家「不算人類」，成何體統。我敢這麼說，就是有把握，不論婉瑜或布勒，都能懂，也都不會用「常識語言」跟我計較。這是一個有意思的問題，我發現，越是真心誠意的話，往往越「不像話」。

想說這事，是因為我對布勒說過一件事——那是在火車上，我們一起離開桃園回台北，就如我前述的，因為一種「不算人類」的默契，使我並不特別熱中談話——否則，「塵世面貌」的我，是很看重不要隨便冷落誰地「把聊天當作基本禮貌」——但就在這種不太在乎語言的互動裡，我反而目的不明地對布勒說起：小時候，我是一個非常容易暴怒的小孩。

「而且氣起來，彷彿永無止境。」人家是「愛是永不止息」，我是「怒是永不止息」。越來越氣，越來越氣，那種身不由己的感覺，如果繼續，不是殺人，就是殺己。「所以我從很小的時候，就不得不開始研究，究竟我要如何避免陷入狂怒。」可是——這也不是我真正想對布勒說的。我想說的是「就算有這種狀況，它也會過去」——也就是說，我最想說的是，「不管有什麼，當時的感覺是永遠，但並不會永遠」。我用半旗語的方式對布勒說，她也像接一個太弱太偏的桌球發球般，「剛剛好」地、沒有任何架勢地——「接到！」

「我現在好了」。這樣的話，也許不該說——因為太有自信又太絕對了。不過，也許也還是該說，只是不是用驕傲與武斷的心情——「我曾很不好」——保有這樣的記憶，我想是有意義的。老實說，從「不好」到「好」，應該經過了許多恐怖的掙扎與難堪的努力——這真讓我驚訝人的變化與可能性。我認識的某人有次說，我性格中最核心的部分是「慈幼」，我大抵不否認。因為我對自己年少時獲得過些什麼，感受非常鮮明——不可思議的贈禮會來自無生命的書本或藝術，也會來自真人——比如十八九歲時，同志或女性主義前輩，怎麼大把大把地花時間跟我講電話，除了金玉良言以外，也樂意廢話連篇。（我想那真是一些精神上的奢華體驗，我通常只聽不說。）

小學時，學校後門有一個「啞巴」——據說，他是因為車禍而啞掉了，所以在學校附近擺讓小學生撈金魚的攤子。那時我還是沒有分別心的孩子，啞巴就是啞巴，我對他既無敬意，也沒壞心，撈到魚我就高興，沒撈到就「算了」——但有一天，我因為沒撈到而特別「算了」，正要走——啞巴卻拚命跟我說話。

他示範撈的技巧給我看，然後，直接送了我一隻魚。當時，我的「不平之感」更甚「謝意」——因為我是一個相信規則的小孩，我不懂為什麼啞巴可以破壞規則：我沒撈到，我就不該有魚。這是我當時最直接的想法。小孩子不是每件事都會反覆思量。然而，大約二十年後，我在一個奇怪的狀態裡，突然有了回憶，突然再次「聽見」啞巴的聲音——那使我非常震撼。

說話對他來說，非常辛苦——別忘了，理論上他是啞巴，他平日只打手勢，到底是什麼緣故，他非得「虐待」他的發聲器官，用「嘶啞以下，沉默以上」的方式跟我說話？他費盡辛苦，每個字都像薛西佛斯推上就落下的石頭，我也（耳朵）百折不撓，終於聽到了那沉痛的兩句話：「妳沒有耐性。妳要有耐性。」——假設我真是一個沒有耐性的孩子，我怎麼會懂「耐性」是什麼？

如此費勁的溝通後，我得到這個「關於我」的情報：真的很沒價值。我沒耐性地感覺沒耐性真是不需要耐性地聽半天讓我更加沒耐性的東西——太抽象了，還是金魚實在。實在但奇怪。說我壞話還給我獎品，啞巴很奇怪。我一向只在被誇獎的時候，才會得到獎品——金魚，對我來說，就是一個「顛倒是非，不合邏輯」的印記。

然後我就忘了。然後——在多年以後我想起，突然在這個事件隱藏的「可怕的美麗」面前，戰慄不已。

問題絕不在金魚，也不在耐性——而是啞巴在當時，對我的靈魂感到深深的憂心。

後來我也長成一個有這類感應的人——我會感覺到遇見的人，在某種表面下，可能隱藏著傷心與失神，但就像年幼的我，還不懂啞巴要說的話。有時我也知道，這不是區區話語，就能救援的。

從某個角度來說，也許所有的憂慮都是過慮——擔心，只是愛與不知所措的混合體。它很無謂，就像廢話，它卻也很貴重。

有時這種交會更神祕。我記得，有次開完一個馬拉松式筋疲力竭的會議，我坐在巴黎北方小城的一個廣場上，名義上是在「恢復精神」，內心翻攪的情緒卻是「不如去死」。突然，一個路都走不穩的幼童，放開了大人的手，搖晃地衝到我面前，一字一字吐出一句問話：「妳叫什麼名字？」——我猜他會說的話還不超過十句吧。那種年紀，說話與鳥叫還有點近似，我相信這句啁啾沒有任何實用價值——但他簡直像展示什麼價值連城的寶物般展示每個字，他才剛擁有這種能力沒多久，妳感覺他正用韁繩牽了一匹比他高大許多的馬一般，他非常謹慎，非常軒昂。我給了他回答，他就心滿意足地跑開了。

這當中有某種神聖。不一定是說話——有時候，某個人以對的眼神或表情掀開了自己一下，妳就被醫治了。——有時醫治的對象，甚至不必是妳：任何人好了，妳也總分到一點那種「好」。

這類事項與「啞巴跟我說話」，隱含某種意義。想像某人某時，靈魂可能籠罩危險——我從別人對待我的方式中，領悟到，面對這種處境，有兩種作法，啞巴設法點出——但點出不見得立即見效；另一種作法則是，不點出，但就強化妳的其他能力，比如閱讀或感受性——使妳成為一個較有餘裕的人，那麼，當某個時機成熟，妳就能自行揮散危險。當然任何文學藝術，都有可能有個理論性的說法，但在我「個人版的解釋」中，我相信，任何創造不過就是——與

「對危險的感知」有關。

我很願意做一些事，回應這種「對危險的感知」。

這應該是我答應小馬（馬翊航）邀約，為《幼獅文藝》寫專欄的心理背景。更祕密的部分，姑且稱為B事件。那是因為我讀過一段話，出自廣受社會迴響的一本小說，裡面的年輕主述者，直接嗆了這本刊物（或《幼獅少年》）——大意是，我們是熟讀世界經典或馬奎斯的，這類很學生的刊物水平太低，根本無法滿足我們。這段話大概是會引起反感的：那麼驕傲自大，自以為是。我沒問過其他人感想，但我記得我讀到時，「哎喲」了一下，半好氣半好笑：這要得罪人了。

不過，我真的慈幼。我覺得，這確實是個「文學」問題。年少，本來就有不可一世的那一面。幼稚，有其本色——三、四歲的小孩宣布自己是全家力氣最大與全幼稚園最可愛的——這兩種挑戰，我都曾親自面對過。

高中年紀，如果我面前擺著一本《當代》一本《幼獅文藝》，打死我我也不可能拿起後者：年少就是尷尬，那是比任何時候都想當大人，又「輕蔑」大人的階段。那種「輕蔑」，或許也不是真正的輕蔑，毋寧說更像情感未經足夠琢磨前，倔強的怪樣子。我是從文學的角度看B事件，我讀到其中一種用心用力的呼救：像「我」這樣急於長大又自以為是的孩子，最易落入別有用心的惡人手中，「我」把「她」交出來了，誰來想想辦法？

因為B事件，我於是暗自與自己訂了一個「要開玩笑的約定」。這個約定，就是，有朝一日，我希望可以為這被「輕蔑」的刊物寫點東西，作為對B事件的回應與「甜蜜的答覆」。

沒想到，不久，刊物竟就來邀稿了。而B事件的主角，卻捨棄了生命。沒來得及見到，我一度默默準備著的禮物。

但我是一個看重約定與玩笑的人——我做許多事，往往有別人猜不到的邏輯。我會因為目睹某場景，而在三、五年後，決定出席一個活動，或者，知道某人被欺侮後，在沒人了解的狀況裡，答應做某事，作為我認定的「正義的修補」。這些邏輯，都是外表看不出來的。「我討厭過的大人們」背後的故事，就是這樣。我在心裡放了長大後的自己，以及與B相近的自己，我也曾是「大大渴求」世界給我們更高深莫測、更睥睨一切——我也曾是那種「歪七扭八的小孩」。我說「歪七扭八」時，是充滿柔情與痛楚的：我明白，我了解——就算「歪七扭八」，本來也有權好好長大。

歪七扭八，不過是雕塑的過程。

小馬是專欄文章的另個原因。我對他很有感應。我覺得，他是完全了解「對危險的感知」以及B事件的問題本質：一個整天讀《當代》的年輕小孩，固然可以在知識上覺得自己猶如巨無霸，同時也可能，對自己真正碰到的困難，一籌莫展——「氣盛」的小天才們是不容易對此買單的。因此有必要，把青春陪伴夾在哲學問題集裡，把年少情事與阿岡本攪拌攪拌——這種辦法不一定靈，但我們只能努力。每回下筆之時，我都會聽見一種無聲的言語在說：小馬，我真的非常愛你。愛你本人、也愛你所代表的那個「被輕蔑的象徵位置」與你多麼聰慧的努力。

在這本書中，為了搭配「我討厭過的大人們」，我又加了「有多恨」諸篇——我想說的，既不是「某恨有理」，也不是「如何解恨」，而是不管「有多恨」，都不需害怕。就把討厭與恨都進行到底吧——但絕不要「昏頭昏腦，想都不想」地進行，而要「步步為營，草木皆兵那樣警醒」地進行。

儘管已發表的若干篇章，頗受到一些肯定的迴響，但我寄望的，更像當年站在金魚攤前，那種愣頭愣腦的小孩——現在，你／妳只需要覺得「有金魚就好」，或「金魚有什麼了不起」也可以喔。

輕蔑也沒有關係喔，我還是一樣愛你／妳。只願各位在自己的生命中，能夠始終保持耐性。

而這竟是一個啞巴教會我的事。

二〇二〇年六月五日

# 致謝

這本書牽涉到如何以書寫接續前人的成果，大抵有個無形團隊工作的精神在。位在樞紐位置的發動者，催生出「我討厭過的大人們」的小馬，馬翊航，也是我深愛的詩人，他的愛心滿滿，使我只要與他有所接觸，就感覺到智力被提升（是的，敝人的智力會起伏），我對你有千萬個謝謝。

此外，如果沒有瓊如與蕙慧姐提出的腦力激盪，不會有這本書。謝謝妳們不吝拋出各種建議。我也要謝謝朱疋奇妙的轉化能力與耐心，給了這本書充滿戲劇與童趣感的書封。

謝謝寫下推薦語的各位，此刻我想著羅浥薇薇的飄逸清靈，佳嫻的用功醇厚，阿青的劍氣沖天（對，我就是分配給你比較怪的形容，歡迎找我抱怨），顏訥啊顏訥，比起形容，我更想說，我真的好愛妳，妳實在爆炸有趣。我愛你們的書寫，也愛你們不書寫時的人間姿態。

《我討厭過的大人們》有部分書寫，是在疫情尚混沌不明期間。我因為能夠輕鬆取得口罩與種種資訊，遂能安心工作——謝謝台灣防疫團隊的決策能力，護理人員的辛勞，以及在防疫路上，也曾犯傻，也曾快快修正自己的每個人——謝謝每個默默做了無數無名工作的人們。

# 我討厭過的大人們


作者　張亦絢

副社長　陳瀅如
總編輯　戴偉傑
責任編輯　陳瓊如
校對　魏秋綢
行銷企畫　陳雅雯、趙鴻祐、張詠晶、張偉豪
封面設計　朱疋
內文排版　宸遠彩藝
印刷　呈靖印刷股份有限公司

出版　木馬文化事業股份有限公司
發行　遠足文化事業股份有限公司（讀書共和國出版集團）
地址　231023 新北市新店區民權路 108-4 號 8 樓
電話　02-2218-1417
傳真　02-2218-0727
客服信箱　service@bookrep.com.tw
客服專線　0800-221-029
郵撥帳號　19588272 木馬文化事業股份有限公司
法律顧問　華洋法律事務所　蘇文生律師

初版一刷　2020 年 8 月
初版五刷　2024 年 11 月
定價　NT$320
ISBN　978-986-359-823-7（平裝、EPUB）

國家圖書館出版品預行編目

我討厭過的大人們 / 張亦絢作 . -- 初版 . -- 新北市 : 木馬文化出版 : 遠足文化發行 , 2020.08
208 面 ; 14.8×21 公分

ISBN 978-986-359-823-7( 平裝 )

863.55 109010487